DIE ZEITMASCHINE

H. G. WELLS
Die Zeitmaschine

CLOUDSHIP

– Bibliografische Information der Deutschen Nationalbibliothek –
Die Deutsche Nationalbibliothek verzeichnet diese Publikation in
der Deutschen Nationalbibliografie; detaillierte bibliografische Daten
sind im Internet über http://dnb.d-nb.de abrufbar.

IMPRESSUM

ISBN: 978-3748122166
HERBERT GEORGE WELLS: DIE ZEITMASCHINE
(Engl. Originaltitel: ›The Time Machine‹, London 1895)
Originalausgabe 11/2018 (Print); 01/2017 (eBook); © CloudShip®
Aus dem Englischen übersetzt von Armin Fischer
Lektorat und Umschlaggestaltung: *das_redaktionsbüro*
Covermotiv Lizenz: 54768898 – Timetwist – © sv_photo
Herausgeber: CloudShip | AuraBooks; cloudship@aurabooks.de
Gesetzt aus der Garamond
Produziert und vertrieben durch BoD, In de Tarpen 42, 22848 Norderstedt
Dieses Buch gibt es auch als eBook,
z.B. im amazon Kindle Bookshop.

Inhalt

Über das Buch 7

Über den Autor 7

Prolog 9

Kapitel 1 – Die Maschine 16

Kapitel 2 – Der Zeitreisende kehrt zurück 21

Kapitel 3 – Das Reisen in der Zeit 28

Kapitel 4 – In der goldenen Ära 35

Kapitel 5 – Die Dämmerung der Menschheit 41

Kapitel 6 – Ein schrecklicher Verlust 49

Kapitel 7 – Unzureichende Erklärungen 57

Kapitel 8 – Die Morlocks 71

Kapitel 9 – Das Grauen kommt in der Nacht 78

Kapitel 10 – Der grüne Porzellanpalast 87

Kapitel 11 – Das Flammenbad 95

Kapitel 12 – Die Falle der weißen Sphinx 104

Kapitel 13 – Weiter in der Zeit 108

Kapitel 14 – Die Rückkehr des Zeitreisenden 114

Kapitel 15 – Nach der Erzählung 116

Epilog 121

ÜBER DAS BUCH

EIN GENIALER ERFINDER im London des ausgehenden 19. Jahrhunderts entwickelt eine Maschine, mit der er in der Zeit reisen kann. Bei einer abendlichen Gesellschaft erzählt er Freunden und Wissenschaftskollegen von den sensationellen Möglichkeiten, die Menschheit neu zu erforschen. Während die sich noch wundern und ihn für geistig umnachtet erklären, setzt er sich in das in seinem Labor stehende Zeitreise-Gefährt und entschwindet. Nach einigen Zwischenstationen landet er im Jahr 802.701 n. Chr., wo er nicht etwa auf eine hochtechnisierte und perfektionierte Gesellschaft trifft, – sondern er findet sich in einer traumhaften Landschaft wieder, in der ein zartes und scheues Völkchen das Leben in der Natur genießt, spielend, schwimmend, schlafend und scherzend. Arbeit scheint es hier nicht mehr zu geben, und der Zeitreisende scheint im Paradies angelangt zu sein. Doch diese so schön wirkende Welt birgt ein finsteres, monströses Geheimnis ...

ÜBER DEN AUTOR

HERBERT GEORGE WELLS war ein begnadeter Schriftsteller, der auf der Klaviatur des technologischen Wissens und der gesellschaftlichen Debatten seiner Zeit spielte, wie kein anderer. Seine visionären Gedankenspiele reichen weit über seine Lebensspanne hinaus und liefern noch heute Stoff für Filme, Romane und Gedankenexperimente. 1866 in einfachen Verhältnissen in Bromley, das heute ein Stadtbezirk von London ist, geboren, gelingt ihm nach einigen Umwegen – z. B. einer abgebrochenen Lehre als Tuchhändler – eine erstaunliche universitäre Aufholjagd am *Royal College of Science* in London, wo er Physik, Chemie, Geologie, Astronomie und Biologie studiert. Im Oktober 1890 besteht er seine akademische Prüfung in Zoologie mit Auszeichnung.

In den Jahren danach, im Alter zwischen 25 und 30 Jahren, schreibt Wells seine heute bekanntesten wissenschaftsbasierten Zukunftsromane, die er selbst ›Scientific Romances‹ nannte, etwa *›Die Zeitmaschine‹, ›Die Insel des Dr. Moreau‹, ›Der Unsichtbare‹, ›Der Krieg der Welten‹*, und etliche weitere. Daneben aber auch Sachbücher, die Bestsellerauflagen erreichen. Ebenfalls zu dieser Zeit heiratet Wells Amy Catherine Robbins, mit der er zwei Söhne hat. Rebecca West, eine später berühmte Journalistin und Reiseschriftstellerin, wird – kaum Zwanzigjährig – für eine Weile seine Geliebte.

In höherem Alter widmete sich Wells mehr der Politik und sozialistischen, auf den Ausgleich der Chancen und des Wohlstands orientierten Zukunftsideen, blieb aber auch weiterhin ein unermüdlicher Schreiber von Romanen, Sachbüchern, Kurzgeschichten und Zeitschriften-Artikeln. Herbert George Wells starb am 13. August 1946 in London. Sein Körper wurde eingeäschert, seine Asche im Meer verstreut.

Prolog

DER ZEITREISENDE (so nenne ich ihn am besten) erklärte uns eine geheimnisvolle Sache. Seine grauen Augen funkelten und zwinkerten, und sein üblicherweise blasses Gesicht war aufgehellt und belebt. Das Feuer flackerte hell, und die weichen Strahlen der Glühlichts in den Silberlilien-Lüstern brachen sich in den in unseren Gläsern aufblitzenden Bläschen. Unsere Stühle – von ihm selbst erfundene Patente – umarmten und liebkosten sich eher, als dass sie auf sich sitzen ließen, und es herrschte jene gesättigte Nach-Tisch-Atmosphäre, bei der die Gedanken locker und frei von den Fesseln der Ernsthaftigkeit hin fließen. Und er erklärte es also – indem er einzelne Punkte mit seinem hageren Zeigefinger unterstrich – während wir da saßen und träge seine Engagiertheit bei diesem neuen Paradox (wofür wir es hielten) und seine unermüdliche Art bewunderten.

»Folgen Sie mir aufmerksam. Ich werde die eine oder andere Vorstellung ausräumen müssen, die sich fast allgemeingültig festgesetzt hat. Die Geometrie zum Beispiel, die man Sie in der Schule gelehrt hat, gründet sich auf einen Irrtum.«

»Ist es nicht ein wenig viel verlangt, gleich mit so etwas anzufangen« fragte Filby, ein streitlustiger Mann mit rotem Haar.

»Ich will von Ihnen nicht erwarten, dass Sie irgendetwas ohne vernünftigen Grund glauben, aber Sie werden bald so viel verstehen, wie nötig. Sie wissen natürlich, dass eine mathematische Linie, eine Linie von einer Dicke *null*, in Wirklichkeit nicht existiert. Das hat man Sie gelehrt? Ebenso wenig eine mathematische Fläche. Das sind bloße Abstraktionen.«

»Das stimmt«, sagte der Psychologe.

»Auch einen Würfel kann es, da er nur Länge, Breite und Tiefe besitzt, in Wirklichkeit nicht geben.«

»Da erhebe ich aber Einspruch«, sagte Filby. »Natürlich kann ein fester Körper existieren. Alle wirklichen Dinge ... «

»Das glauben die meisten Menschen. Aber warten Sie einen Augenblick. Kann ein momentaner Würfel existieren?«

»Verstehe nicht, was Sie meinen«, sagte Filby.

»Kann ein Würfel, der überhaupt keine Zeit dauert, existieren?«

Filby grübelte. »Offenbar«, fuhr der Zeitreisende fort, »muss jeder wirkliche Körper in vier Dimensionen Ausdehnung haben: er muss Länge, Breite, Tiefe und – Dauer haben. Aber infolge einer natürlichen Schwäche unseres Vorstellungsvermögens, die ich Ihnen gleich erklären will, neigen wir dazu, diese Tatsache außer acht zu lassen. Es gibt in Wirklichkeit vier Dimensionen: Wir nennen sie die drei Ebenen des Raumes, und eine vierte, die Zeit. Es herrscht jedoch die Neigung, zwischen den ersten drei Dimensionen und der vierten Dimension einen nicht gerechtfertigten Unterschied zu machen, weil sich zufälligerweise unser Bewusstsein vom Anfang bis zum Ende unseres Lebens flottierend daran entlang bewegt.«

»Das«, sagte ein sehr junger Mann, der umständliche Anstrengungen machte, seine Zigarre über der Lampe anzuzünden, »das ... stimmt wahrhaftig.«

»Nun ist es sehr merkwürdig, dass dies in so bedeutendem Maße übersehen wird«, fuhr der Zeitreisende mit einem leichten Anflug von Heiterkeit fort. »In Wirklichkeit meint man dies mit der vierten Dimension, obgleich manche, die von der vierten Dimension reden, nicht wissen, dass sie es meinen. Es ist nur eine andere Art, die Zeit zu betrachten. Es gibt keinen Unterschied zwischen der Zeit und den drei Dimensionen des Raumes, außer dass sich unser Bewusstsein auf ihrer Linie bewegt. Aber einige Narren haben diese Idee auf der falschen

Seite angepackt. Sie haben alle gehört, was die über diese vierte Dimension zu sagen haben?«

»*Ich* nicht«, sagte der Provinzbürgermeister.

»Es liegt einfach so. Vom Raum im Sinne unserer Mathematiker spricht man als von etwas, das drei Dimensionen hat, die man Länge, Breite und Tiefe nennt, und was stets mit Hilfe dreier Ebenen, deren jede im rechten Winkel zu den beiden anderen steht, dargestellt wird. Aber einige philosophierende Leute haben gefragt, warum gerade drei Dimensionen? – Warum nicht noch eine Ebene, die im rechten Winkel zu den drei anderen steht? – Und sie haben sogar versucht, eine vierdimensionale Geometrie zu konstruieren. Professor Simon Newcomb hat das gerade vor einem Monat oder so der New-Yorker Mathematischen Gesellschaft dargelegt.

Sie wissen, dass man auf einer Fläche, die nur zwei Dimensionen hat, die Figur eines dreidimensionalen Körpers aufbauen kann, und ebenso, meinen diese Leute, könne man auf Modelle von drei Dimensionen einen Körper von vier Dimensionen aufbauen – wenn man nur die Perspektive in den Griff bekäme. Verstehen Sie?«

»Ich glaube schon«, murmelte der Bürgermeister aus der Provinz; und indem er die Brauen zusammenzog, sank er in seinen Sessel zurück, und seine Lippen bewegten sich wie bei einem, der mystische Worte wiederholt. »Ja, ich glaube, jetzt sehe ich's«, sagte er nach einer Weile und sein Gesicht hellte vorübergehend auf.

»Nun, ich will Ihnen nicht vorenthalten, dass ich seit einiger Zeit an dieser Geometrie der vier Dimensionen gearbeitet habe. Einige meiner Resultate sind bemerkenswert. Hier, zum Beispiel, sehen Sie das Porträt eines Mannes im Alter von acht, ein zweites im Alter von fünfzehn, ein drittes im Alter von siebzehn, ein viertes im Alter von dreiundzwanzig Jahren, und so weiter. All das sind offenbar gleichsam Etappen, dreidimensionale Darstellungen seines vierdimensionalen Seins, das ein festes und unveränderliches Ding ist.«

»Wissenschaftler«, fuhr der Zeitreisende nach einer Pause, wie sie zur rechten Verdauung seiner Worte nötig war, fort, »wissen recht gut, dass die Zeit nur eine Art von Raum ist. Hier sehen Sie eine beliebte wissenschaftliche Risszeichnung, einen Wetterbericht. Diese Linie, der ich mit meinem Finger folge, zeigt die Bewegungen des Barometers. Gestern stand es so hoch, gestern Abend ist es gefallen, heute Morgen wieder gestiegen und dann langsam bis hier herauf. Das Quecksilber hat doch diese Linie in keiner der allgemein anerkannten Raumdimensionen gezogen? Aber dennoch gibt es eine solche Linie, und diese Linie, müssen wir daraus folgern, lief entlang die Zeitdimension.«

»Aber«, sagte der Arzt, indem er eine glühende Kohle im Feuer fixierte, »wenn die Zeit wirklich nur eine vierte Raumdimension ist, wie kommt es, dass man sie stets als etwas Anderes betrachtet und immer betrachtet hat? Und warum können wir uns nicht in der Zeit bewegen wie wir uns in den anderen Dimensionen des Raumes bewegen können?«

Der Zeitreisende lächelte. »Sind Sie so sicher, dass wir uns im Raum frei bewegen können? Rechts und links und vorwärts und rückwärts können wir uns recht frei bewegen, und das haben die Menschen auch immer getan. Ich gebe zu, wir bewegen uns in zwei Dimensionen frei. Aber auf und ab? Da beschränkt uns schon die Schwerkraft.«

»Nicht ganz«, sagte der Arzt. »Es gibt Ballons.«

»Aber vor den Ballons hatte der Mensch – von lächerlichen Sprüngen und den Unebenheiten der Erde einmal abgesehen – keine Freiheit vertikaler Bewegung.«

»Auf und ab bewegen konnten sie sich stets ein wenig.«

»Leichter, weit leichter, ab als auf.«

»Und in der Zeit kann man sich gar nicht bewegen; vom gegenwärtigen Moment können Sie nicht fort.«

»Mein lieber Herr, gerade da sind Sie im Irrtum. Gerade da ist die ganze Welt im Irrtum. Wir kommen unablässig vom gegenwärtigen Moment fort. Unsere geistige Existenz, die immateriell ist und keine Dimensionen hat, läuft von der Wiege bis zur Bahre mit geisterhafter Geschwindigkeit die Zeitdimension entlang. Genau, wie wir abwärts wandern würden, wenn wir unser Dasein fünfzig Meilen über der Erdoberfläche begännen.«

»Aber das grundsätzliche Problem ist doch«, unterbrach der Psychologe, »Sie können sich im Raum in allen Richtungen bewegen, aber Sie können sich nicht in der Zeit hin und her bewegen.«

»Das ist der Kern meiner großen Entdeckung. Aber Sie haben unrecht, wenn Sie sagen, wir können uns in der Zeit nicht hin und her bewegen. Wenn ich mich zum Beispiel eines Ereignisses sehr lebhaft erinnere, gehe ich zum Moment seines Geschehens zurück: ich werde geistesabwesend, wie man sagt. Ich springe auf einen Moment zurück. Natürlich haben wir kein Mittel, irgendwie längere Zeit da hinten zu bleiben, so wenig wie ein Wilder oder ein Tier Mittel hat, sechs Fuß über dem Boden zu verharren. Aber ein wissenschaftlicher Mensch ist in dieser Hinsicht besser dran als der Wilde. Er kann im Ballon gegen die Schwerkraft steigen, und warum sollte er nicht hoffen, dass er einmal im Stande sein werde, seinen Gang die Zeitdimension entlang zu unterbrechen oder zu beschleunigen oder sogar umzukehren und in entgegengesetzter Richtung zu wandern?«

»Oh, das«, begann Filby, »ist alles – «

»Warum nicht?« fragte der Zeitreisende.

»Es ist gegen die Vernunft«, sagte Filby.

»Gegen welche Vernunft?« fragte der Zeitreisende.

»Sie mögen beweisen, dass *Weiß* gleich *Schwarz* ist«, sagte Filby, »aber überzeugen werden Sie mich nie davon.«

»Vielleicht nicht«, sagte der Zeitreisende. »Aber Sie beginnen jetzt, das Ziel meiner Untersuchungen in der *Geometrie der vier Dimensionen* zu erkennen. Schon vor langer Zeit schwebte mir eine Maschine vor – «

»Um durch die Zeit zu reisen?« rief der sehr junge Mann.

»Die in jeder Richtung des Raumes und der Zeit fährt, gerade so, wie es ihr Steuermann will.«

Filby lachte nur.

»Nun, ich habe einen experimentellen Beweis!«, sagte der Zeitreisende.

»Das wäre für den Historiker unfassbar praktisch«, meinte der Psychologe. »Man könnte zurückreisen und zum Beispiel den dokumentierten Bericht der Schlacht bei Hastings prüfen!«

»Meinen Sie nicht, Sie würden dabei Aufsehen erregen?« fragte der Arzt. »Unsere Vorfahren waren wohl nicht sehr duldsam gegen aus der Zeit Gefallene.«

»Man könnte sein Griechisch von Homers und Platos Lippen lernen«, meinte der ganz junge Mann.

»Dann würden Sie im Examen sicher durchfallen. Die deutschen Gelehrten haben das Griechische so sehr ›verbessert‹.«

»Und dann die Zukunft«, sagte der sehr junge Mann.

»Denken Sie nur! Man könnte all sein Geld anlegen, es verzinsen lassen und vorauseilen!«

»Um auf eine Gesellschaft zu treffen«, sagte ich, »die auf streng kommunistischer Basis errichtet ist ...«

»Von allen wilden, ausschweifenden Theorien ...« begann der Psychologe.

»Ja, so kam es mir auch vor; und deshalb habe ich nie davon erzählt, bis – «

»Experimenteller Beweis!« rief ich. »Sie wollen *das* beweisen?«

»Das Experiment!« rief Filby, der gehirnträge wurde.

»Lassen Sie uns Ihr Experiment jedenfalls sehen«, sagte der Psychologe, »obgleich das alles Unfug ist, das wissen Sie ja selbst.«

Der Zeitreisende sah lächelnd von einem zum anderen. Dann ging er, immer noch leicht lächelnd, die Hände tief in den Hosentaschen, zum Zimmer hinaus, und wir hörten seine Schritte den langen Gang bis zu seinem Laboratorium hinunter.

Der Psychologe blickte uns an. »Ich möchte wissen, was er herausgefunden hat?«

»Irgendeinen Taschenspielertrick«, sagte der Arzt; und Filby begann, uns von einem Zauberkünstler zu erzählen, den er in Burslem gesehen hatte, aber ehe er noch richtig begonnen hatte, kam der Zeitreisende zurück, und Filbys Anekdote brach zusammen.

Kapitel 1 – Die Maschine

Was der Zeitreisende in der Hand hielt, war ein metallisch glitzerndes Rahmenwerk, kaum größer als eine kleine Uhr, und sehr fein gearbeitet. Es war Elfenbein daran und eine transparente, kristalline Substanz. Und jetzt muss ich ausführlich werden, denn was nun folgt, ist – wenn man seine Erklärung nicht akzeptiert, etwas absolut Unerklärliches. Er nahm einen der kleinen achteckigen Tische, die im Zimmer umherstanden, und platzierte ihn vor dem Feuer, mit zwei Füßen auf den Kaminteppich. Auf diesen Tisch stellte er die kleine Maschine.

Dann zog er einen Stuhl heran und setzte sich. Der einzige andere Gegenstand auf dem Tisch war eine kleine Lampe mit Lampenschirm, deren helles Licht voll auf das Modell fiel. Außerdem standen vielleicht ein Dutzend Kerzen ringsum, zwei davon in Messingleuchtern auf dem Kaminsims, und mehrere in Wandhalterungen, sodass das Zimmer strahlend erleuchtet war. Ich saß in einem niedrigen Sessel, dem Feuer am nächsten und zog ihn soweit vor, dass ich fast zwischen dem Zeitreisenden und dem Kamin zu sitzen kam. Filby saß hinter ihm und blickte ihm über die Schulter. Der Arzt und der Bürgermeister aus der Provinz beobachteten ihn im Profil von rechts, der Psychologe von links. Der sehr junge Mann stand hinter dem Psychologen. Wir waren alle auf dem Quivive[1]. Es scheint mir unfasslich, dass uns unter diesen Bedingungen ein auch noch so fein ersonnener und noch so geschickt ausgeführter Streich hätte gespielt werden können.

Der Zeitreisende sah zuerst uns an und dann das Maschinchen.

»Nun?« sagte der Psychologe.

---

[1] *auf der Hut*

»Dieses kleine Ding«, sagte der Zeitreisende, indem er die Ellenbogen auf den Tisch stützte und über dem Apparat die Hände faltete, »ist nur ein Modell. Es ist mein Entwurf einer Maschine, mit der man durch die Zeit fahren kann. Sie werden bemerken, dass es seltsam unwirklich aussieht und diese Welle dort sonderbar flirrt, gleichsam als wäre sie irgendwie unreal.« Er zeigte mit dem Finger auf das Teil. »Auch ist hier ein kleiner weißer Hebel und dort ein weiterer.«

Der Arzt erhob sich aus seinem Stuhl und betrachtete das Ding. »Es ist wundervoll fein gearbeitet«, sagte er.

»Die Arbeit daran hat zwei Jahre gedauert«, erwiderte der Zeitreisende. Dann, als wir alle dem Beispiel des Arztes gefolgt waren, sagte er: »Jetzt möchte ich, dass Sie mich klar darin verstehen: Wenn ich diesen Hebel verschiebe, so gleitet die Maschine in die Zukunft fort, und der andere Hebel kehrt die Bewegung um. Dieser Sattel ist der Sitz eines Zeitreisenden. Ich werde den Hebel gleich umlegen, und die Maschine wird losfahren. Sie wird verschwinden, in die Zukunft gehen und fort sein. Sehen Sie das Ding genau an. Kontrollieren Sie auch den Tisch und überzeugen sich, dass kein Betrug geschieht. Ich will nicht dieses Modell verlieren und mir nachher nachsagen lassen, ich sei ein Trickbetrüger.«

Es gab eine Pause von vielleicht einer Minute. Der Psychologe schien mich ansprechen zu wollen, aber er ließ es. Dann streckte der Zeitreisende den Finger gegen den Hebel aus. »Nein«, sagte er plötzlich, »geben Sie mir Ihre Hand.« Und er wandte sich dem Psychologen zu, nahm dessen Handgelenk und sagte ihm, er solle den Zeigefinger ausstrecken. So schickte der Psychologe selber das Zeitmaschinen-Modell auf seine ewige Reise. Wir alle sahen den Hebel sich kippen. Ich bin absolut sicher, dass kein Betrug vorlag. Es entstand ein Windhauch, und die Lampe flackerte. Eine der Kerzen auf dem Kaminsims wurde ausgeblasen, und die kleine Maschine rotierte plötzlich, wurde undeutlich, war vielleicht eine Sekunde lang schemenhaft zu sehen, wie ein Wirbel schwach glitzernden Messings und Elfenbeins; und dann war sie fort – verschwunden. Abgesehen von der Lampe war der Tisch nun leer.

Alle schwiegen eine Minute lang. »Verflucht ...« sagte Filby.

Der Psychologe erholte sich aus seiner Erstarrung und schaute rasch unter den Tisch. Da lachte der Zeitreisende heiter. »Nun?« sagte er, auf die Einwände des Psychologen anspielend. Dann stand er auf, ging zum Tabaktopf auf dem Kaminsims und begann sich, uns den Rücken zuwendend, seine Pfeife zu stopfen.

Wir starrten einander an. »Hören Sie«, sagte der Arzt, »ist das Ihr Ernst? Behaupten Sie im Ernst, dass diese Maschine in die Zeit gereist ist?«

»Sicherlich«, sagte der Zeitreisende und bückte sich, um einen Fidibus am Feuer anzuzünden. Dann wandte er sich um, während er an der Pfeife sog, und blickte dem Psychologen ins Gesicht. (Der Psychologe wollte zeigen, dass er nicht aus den Angeln gehoben war, nahm sich eine Zigarre und versuchte, sie unbeschnitten anzuzünden.) »Noch mehr – ich habe da hinten« – er zeigte Richtung Laboratorium – »eine große Maschine fast fertig, und wenn sie fertig gebaut ist, gedenke ich, selber eine Reise anzutreten.«

»Sie wollen sagen, diese Miniatur sei in die Zukunft geglitten?« sagte Filby.

»In die Zukunft oder die Vergangenheit – wohin, weiß ich nicht mit Gewissheit.«

Nach einer Pause hatte der Psychologe eine Idee. »Sie muss in die Vergangenheit gewandert sein, wenn sie denn irgendwohin gewandert ist.« sagte er.

»Warum das?« sagte der Zeitreisende.

»Weil ich annehme, dass sie sich im Raum nicht bewegt hat, und wenn sie in die Zukunft gewandert wäre, müsste sie noch immer hier sein, weil sie auch diesen Zeitpunkt hätte durchwandern müssen.«

»Aber«, sagte ich, »wenn sie in die Vergangenheit gewandert wäre, hätte sie zu sehen sein müssen, als wir in dieses Zimmer kamen, und letzten Donnerstag, als wir hier waren, und den Donnerstag davor und so fort.«

»Gute Argumente«, bemerkte der Bürgermeister aus der Provinz mit einer Miene der Unparteilichkeit, sich zum Zeitreisenden wendend.

»Keine Spur«, sagte der Zeitreisende; und an den Psychologen gewandt: »Überlegen Sie. Sie können das erklären. Es ist eine Wahrnehmung unter der Schwelle, wissen Sie, verflüchtigte Wahrnehmung.«

»Natürlich«, versicherte der Psychologe. »Das ist etwas ganz Bekanntes in der Psychologie. Daran hätte ich denken sollen. Es ist ganz simpel und bestätigt das Paradox. Wir können diese Maschine so wenig sehen und wahrnehmen, wie wir die Speiche eines wirbelnden Rades sehen können, oder eine Kugel, die durch die Luft saust. Wenn sie sich fünfzig oder hundertmal so schnell durch die Zeit bewegt wie wir, wenn sie eine Minute durchläuft, während wir eine Sekunde durchlaufen, so wird der Eindruck, den sie hinterlässt, natürlich auch nur ein Fünfzigstel oder ein Hundertstel von dem sein, den sie machen würde, wenn sie nicht durch die Zeit raste. Das ist klar.« Er fuhr mit der Hand durch den Raum, wo die Maschine gestanden hatte. »Sie sehen?« sagte er lachend.

Wir saßen für etwa eine Minute stumm und starrten den leeren Tisch an. Dann fragte uns der Zeitreisende, was wir von alldem hielten.

»Heut' Abend klingt alles noch ganz plausibel«, sagte der Arzt; »aber warten Sie bis Morgen. Warten Sie auf den gesunden Menschenverstand des Morgens.«

»Möchten Sie die Zeitmaschine in Echt sehen?« fragte der Zeitreisende. Nahm dabei die Lampe und führte uns den langen Gang zu seinem Laboratorium hinunter. Ich erinnere mich lebhaft an das flackernde Licht, an seinen wunderlichen, breiten Kopf im Schattenwurf, als wir ihm alle folgten, verwirrt, aber ungläubig, und wie wir dort im Laboratorium eine große Ausgabe des kleinen Maschinchens, das wir vor unseren Augen hatten verschwinden sehen, erblickten. Manche Teile waren aus Nickel, manche aus Elfenbein und andere waren ohne Frage aus Felskristall geschliffen und geschnitten. Die Maschine war ziemlich fertig, nur die gedrechselten Kristallwellen lagen noch unvollendet auf der Bank neben einigen Zeichnungen, und ich nahm eine in die Hand, um sie besser sehen zu können. Sie schien aus Quarz zu sein.

»Hören Sie«, sagte der Arzt, »ist es Ihnen wirklich ernst? Oder ist es ein Trick – wie der Geist, den Sie uns vergangene Weihnachten zeigten?«

»Mit dieser Maschine«, sagte der Zeitreisende, die Lampe hochhaltend, »will ich die Zeit erforschen. Verstehen Sie? Es ist mir in meinem ganzen Leben noch nie so Ernst gewesen.«

Keiner von uns wusste recht, wie er es aufnehmen sollte.

Ich erhaschte hinter der Schulter des Arztes Filbys Blick, und er blinzelte mir feierlich zu.

KAPITEL 2 – DER ZEITREISENDE
KEHRT ZURÜCK

ICH BIN DER MEINUNG, damals glaubte keiner von uns so recht an die Zeitmaschine. Denn der Zeitreisende gehörte zu jenen Männern, die zu schlau sind, als dass man ihnen alles glauben konnte: Man hatte nie das Gefühl, ihn komplett zu durchschauen; man erwartete stets noch einen Hinterhalt, eine fein konstruierte List auf der Lauer, hinter seiner durchsichtigen Offenheit. Hätte Filby das Modell demonstriert und die Sache mit den Worten des Zeitreisenden erklärt, so wären wir ihm gegenüber weit weniger skeptisch gewesen. Denn wir hätten seine Motive erkannt. Selbst ein Schweineschlächter konnte Filby verstehen.

Aber der Zeitreisende trug mehr als nur einen Anflug von Gewitztheit in seinem Wesen, und wir misstrauten ihm. Dinge, die den Ruhm eines weniger klugen Menschen ausgemacht hätten, erschienen in seinen Händen als Schalk. Es wirkt eben unwahrhaft, wenn einem die Dinge zu leicht gelingen. Die seriösen Leute, die ihn ernst nahmen, waren seines Verhaltens nie ganz sicher: Irgendwie spürten sie, wenn sie sich mit ihrem guten Ruf für ihn einsetzten, so war das, als richte man eine Kinderstube mit Eierschalen-Chinaporzellan ein. Deshalb glaube ich, keiner von uns sprach in der Woche zwischen diesem und dem nächsten Donnerstag viel von den Möglichkeiten einer Zeitreise, obgleich ohne Zweifel den meisten von uns die sonderbaren Perspektiven im Kopf umgingen: Die anzuzweifelnde Plausibilität, das heißt die praktische Unmöglichkeit der Sache, die merkwürdigen Weiterungen eines Zeitbruchs und der chronologischen Konfusion, an die man denken musste.

Mich für meinen Teil beschäftigte besonders der Trick mit dem Modell. Darüber, entsinne ich mich, sprach ich am Freitag mit dem Arzt, den ich in der Linné-Gesellschaft traf. Er sagte, er habe in Tübingen etwas Ähnliches gesehen, und legte besonderen Nachdruck auf das Verlöschen der Kerze. Aber wie der Trick vor sich ging, wusste er nicht.

Am nächsten Donnerstag fuhr ich wieder nach Richmond – ich glaube, ich war einer der regelmäßigsten Gäste des Zeitreisenden – und da ich spät eintraf, fand ich schon vier oder fünf Herren im Salon versammelt. Der Arzt stand mit einem Bogen Papier in der einen, seiner Uhr in der anderen Hand vor dem Feuer. Ich sah mich nach dem Zeitreisenden um, dann sagte der Arzt: – »Es ist jetzt halb acht. Ich denke, wir gehen besser zu Tisch.«

»Wo ist – – ?« sagte ich und nannte unseren Gastgeber.

»Sie sind gerade eingetroffen? Es ist etwas merkwürdig. Er bittet mich in dieser Notiz, zu Tisch zu führen, falls er um Sieben nicht zurück sein sollte. Er sei dringend verhindert. Sagt, er wolle es erklären, wenn er kommt.«

»Es wäre schade, das Essen verderben zu lassen«, sagte der Herausgeber einer bekannten Tageszeitung; und daraufhin klingelte der Doktor nach dem Personal.

Der Psychologe war außer dem Doktor und mir der einzige, der auch beim vorhergehenden Dinner dabei gewesen war. Die anderen Leute waren Blank, der erwähnte Herausgeber, ein Journalist und noch jemand – ein ruhiger, scheuer Mann mit Bart, den ich nicht kannte, und der, soweit ich es beobachten konnte, den ganzen Abend hindurch den Mund nicht auftat. Bei Tisch wurde ein wenig die Abwesenheit des Zeitreisenden erörtert, und ich sprach scherzhaft eine Reise in die Zeit an. Der Herausgeber wollte das erklärt haben, und der Psychologe gab einen hölzernen Bericht von dem geistreichen Paradoxon und Trick, den wir vor einer Woche gesehen hatten. Er war mitten in seiner Beschreibung, als die Tür zum Gang langsam und geräuschlos aufging. Ich saß der Tür gegenüber und bemerkte es zuerst. »Hallo!« sagte ich, »endlich«. Die Tür öffnete sich weiter, und der Zeitreisende stand vor uns. Ich stieß einen Ruf der Überraschung aus. »Gütiger Himmel!«

»Nanu, was ist los?« rief der Arzt, der ihn nun auch sah. Und die ganze Tafelrunde wandte sich zur Tür.

Er sah schrecklich aus. Sein Rock war staubig und schmutzig, und die Ärmel bis unten grün beschmiert; das Haar war wirr, und es schien grauer geworden zu sein – entweder von Staub und Schmutz oder weil seine Farbe wirklich geblichen war. Sein Gesicht war gespenstisch fahl; sein Kinn zeigte eine braune Wunde – einen ausgefransten Schnitt; sein Ausdruck war verstört und eingefallen wie von intensivem Leiden. Einen Moment zögerte er in der Tür, wie vom Licht geblendet. Dann kam er ins Zimmer. Er hinkte genau so, wie ich es bei fußwunden Landstreichern gesehen hatte. Wir starrten ihn schweigend an und erwarteten, er würde sprechen.

Er sagte kein Wort, sondern kam mühsam an den Tisch und machte eine Bewegung nach dem Wein. Der Herausgeber schenkte ein Glas ein und schob es ihm zu. Er leerte es, und es schien ihm gut zu tun, denn er blickte nun rings um den Tisch, und der Schatten seines alten Lächelns flackerte über sein Gesicht.

»Was um alles auf der Welt haben Sie angestellt? Na?« sagte der Arzt. Der Zeitreisende schien nicht zu hören. »Lassen Sie sich nicht von mir stören«, sagte er mit ein wenig holpriger Artikulation. »Es geht mir gut!« Er stockte, hielt sein Glas zum Füllen hin und trank es in einem Zug aus. »Das tut gut«, sagte er. Seine Augen wurden klarer, und in seine Backen kam wieder ein wenig Farbe. Sein Blick flackerte mit einer Art stumpfen Triumphs über unsere Gesichter und wanderte dann im warmen, behaglichen Zimmer umher. Dann sprach er wieder, immer noch, als versuchte er sich gleichsam in seinen Worten zurecht zu finden. »Ich will mich waschen und umziehen, und dann komme ich wieder hinunter und erkläre ... Heben Sie mir etwas von der Hammelkeule auf. Ich komme um vor Verlangen nach einem saftigen Stück Braten.«

Er schaute zu dem Herausgeber hinüber, der ein seltener Gast war, und begrüßte ihn. Der Herausgeber wollte eine Frage stellen. »Berichte Ihnen gleich«, sagte der Zeitreisende. »Ich bin – witzig – bin in einer Minute so weit.«

Er stellte sein Glas ab und ging zur Tür nach oben. Wieder fiel mir sein humpelnder Gang auf und der gedämpfte Klang seiner Schritte; ich stand auf und sah seine Füße, als er hinausging. Sie waren mit nichts als einem Paar zerrissener, blutbefleckter Socken bedeckt. Dann schloss sich die Tür hinter ihm. Ich hatte halb Lust, ihm zu folgen, doch mir fiel ein, wie er es hasste, wenn man zu viel Aufhebens um ihn machte. Eine Minute vielleicht war ich zerstreut. Dann hörte ich den Herausgeber sagen: »Merkwürdiges Benehmen eines hervorragenden Naturwissenschaftlers«; er dachte (wie gewöhnlich) in Zeitungs-Überschriften. Und das lenkte meine Aufmerksamkeit auf die erhellte Tafelrunde zurück.

»Was ist das für ein Spiel?« fragte der Journalist. »Hat er den Amateur-Vagabunden gegeben? Ich kapiere nichts.« Der Blick des Psychologen begegnete dem meinen, und ich las meine eigene Deutung auf dessen Gesicht. Ich dachte an den Zeitreisenden, wie er mühsam die Treppe hinauf schlurfte. Ich glaube nicht, dass sonst noch jemand seine Lahmheit bemerkt hatte.

Der erste, der sich vollständig von dieser Überraschung erholte, war der Arzt, der nach dem nächsten Gang klingelte — der Zeitreisende hasste es, ständig Diener zum Servieren am Tisch zu haben. Da kehrte der Herausgeber mit einem Grunzen zu Messer und Gabel zurück, und der Schweigsame folgte seinem Beispiel. Das Dinner setzt sich fort. Die Konversation war eine Weile aufgeregt, mit Pausen der Verwunderung; und dann wurde der Herausgeber in seiner Neugier glühend. »Bessert unser Freund sein bescheidenes Einkommen durch heimliche Arbeit auf? Oder hat er seine Nebukadnezar-Phase?[2]« fragte er.

»Ich bin überzeugt, es ist diese Sache mit der Zeitmaschine«, sagte ich und setzte den Bericht des Psychologen über unser letztes Zusammentreffen fort. Die neuen Gäste waren schier ungläubig. Der Herausgeber erhob Einwände. »Was *ist* dieses Zeitreisen? Ein Mensch kann sich ja nicht mit Staub bedecken, indem er sich nur in einem theoretischen Paradoxon wälzt, nicht?« Und dann, als ihm die Idee aufging, flüchtete er sich zur Karikatur. Gibt es in der Zukunft keine Kleiderbürsten? Auch der Journalist wollte keinesfalls glauben und schloss sich dem Herausgeber in der leichten Arbeit an, die ganze Sache ins Lächerliche zu ziehen. Sie waren beide von der neuen Art der Journalisten – witzige, recht respektlose junge Männer. »Unser Spezialkorrespondent von Übermorgen berichtet«, sagte der Journalist – oder vielmehr, er rief es aus – als der Zeitreisende zurückkam. Dieser trug nun den gewohnten Abendanzug, und außer seinem eingefallenen Blick war von der Veränderung, die mich erschreckt hatte, nichts geblieben.

»Hören Sie«, sagte der Herausgeber erheitert, »diese Burschen hier behaupten, Sie seien mitten in die nächste Woche gereist! Erzählen Sie uns vom kleinen Rosebery, ja? Was wollen Sie dafür haben?«

Der Zeitreisende ging wortlos zu dem für ihn reservierten Platz. Er lächelte ruhig, auf seine bekannte Art. »Wo ist mein Hammelbraten?« sagte er. »Was für ein Fest ist es, wieder einmal eine Gabel in Fleisch zu stecken!«

---

[2] *Anspielung auf einen prophetischen Traum des babylonischen Königs Nebukadnezar II., 650–562 v. Chr.*

»Die Story!« rief der Herausgeber.

»Zum Henker mit der Story!« sagte der Zeitreisende. »Ich will essen. Ich sage kein Wort, ehe ich nicht etwas Pepton in meine Arterien bekomme. Danke. Und das Salz.«

»Ein Wort«, sagte ich. »Sind Sie in die Zeit gereist?«

»Ja«, bedeutete der Zeitreisende nickend mit vollem Mund.

»Ich gebe einen Schilling die Zeile für einen Exklusivbericht«, sagte der Herausgeber. Der Zeitreisende schob dem Schweigenden sein Glas hin und klingelte mit seinem Fingernagel daran; worauf der Schweigende, der ihm ins Gesicht gestarrt hatte, erschreckt zusammenfuhr und ihm Wein einschenkte. Der Schluss des Dinners zog sich quälend. Mir für meinen Teil stiegen fortwährend plötzliche Fragen auf die Lippen, und ich denke, bei den anderen war es genauso. Der Journalist versuchte die Spannung zu lösen, indem er Anekdoten von Hettie Potter erzählte. Der Zeitreisende wandte alle Aufmerksamkeit dem Essen zu und entfaltete den Appetit eines Landstreichers. Der Arzt rauchte eine Zigarette und beobachtete den Zeitreisenden durch seine Augenwimpern. Der Schweigende erschien noch unbeholfener als sonst; er trank aus bloßer Nervosität fortwährend und entschlossen Sekt. Der Zeitreisende schob seinen Teller zurück und schaute uns an.

»Ich glaube, ich muss Sie um Verzeihung bitten«, sagte er. »Ich war am Verhungern, ich habe eine erstaunliche Zeit durchgemacht.«

Er streckte die Hand nach einer Zigarre aus und kappte das Ende. »Aber kommen Sie ins Raucherzimmer. Die Geschichte ist zu lang, um sie über gebrauchten Tellern zu erzählen.« Und indem er im Vorbeigehen auf die Glocke drückte, führte er uns ins Nebenzimmer.

»Sie haben Blank und Dash und Chose von der Maschine erzählt?«, fragte er mich, sich in den Sessel zurücklehnend, indem er die drei neuen Gäste nannte.

»Aber die Sache ist ein schieres Paradox«, sagte der Herausgeber.

»Ich kann heute Abend nicht argumentieren. Ich erzähle Ihnen die Geschichte, aber ich kann nicht debattieren. Ich will Ihnen erzählen, was geschehen ist, aber Sie müssen Unterbrechungen vermeiden. Ich muss es Ihnen erzählen! Das meiste wirkt wie erfunden, meinetwegen. Aber es ist trotzdem wahr – jedes Wort davon. Noch um vier Uhr war ich in meinem Laboratorium – und seitdem habe ich acht Tage erlebt, Tage, wie noch kein menschliches Wesen jemals; ich bin fast am Ende meiner Kräfte, aber ich werde mich nicht ausruhen, bis ich Ihnen diese Geschichte zu Ende erzählt habe. Dann werde ich zu Bett gehen. Aber keine Unterbrechungen! Sind Sie einverstanden?«

»Einverstanden«, sagte der Herausgeber, und wir anderen echoten: »Einverstanden!« Und damit begann der Zeitreisende seine Geschichte, so wie ich sie dann aufgeschrieben habe. Er lehnte sich zunächst im Stuhl zurück und begann wie ein müder Mann zu sprechen. Danach wurde er lebendiger. Nun, da ich es niederschreibe, fühle ich die Ohnmacht von Tinte und Feder nur zu deutlich – und vor allem meine eigene Ohnmacht, es adäquat wiederzugeben. Sie lesen, will ich annehmen, aufmerksam genug; aber Sie sehen nicht des Sprechers weißes, aufrichtiges Gesicht im hellen Schein der kleinen Lampe, und Sie hören nicht die Intonation seiner Stimme. Man kann nicht beschreiben, wie sein Ausdruck den Wendungen der Erzählung folgte! Die meisten von uns Zuhörern saßen im Schatten, denn im Raucherzimmer waren die Kerzen nicht erhellt, und nur das Gesicht des Journalisten und von den Knien ab die Beine des Schweigsamen waren beleuchtet. Zuerst schauten wir einander von Zeit zu Zeit an. Nach einer Weile aber sahen wir nur noch das Gesicht des Zeitreisenden.

KAPITEL 3 – DAS REISEN IN DER ZEIT

»EINIGEN VON IHNEN erzählte ich letzten Donnerstag ein wenig von den Prinzipien der Zeitmaschine und ich habe Ihnen auch das Gerät selbst, noch unvollendet, in der Werkstatt gezeigt. Da steht es auch jetzt – freilich ein wenig ramponiert; etwa ist eine Elfenbeinstange zerbrochen und eine Messingschiene verbogen; aber sonst ist sie heil.

Ich hatte erwartet, sie am Freitag fertigstellen zu können; aber als ich die Montage beinahe beendet hatte, fand ich, dass eine der Nickelstangen genau einen Zoll zu kurz war, und ich musste sie neu anfertigen lassen; so wurde die Maschine erst heute Morgen vollendet. Heute gegen zehn Uhr begann also die erste aller Zeitmaschinen ihre Karriere. Ich legte letzte Hand an, kontrollierte noch einmal alle Schrauben, tat noch einen Tropfen Öl auf die Quarzstange und setzte mich in den Sattel. Ich vermute, ein Selbstmörder, der sich die Pistole an den Schädel setzt, muss sich auf ähnliche Art wie ich die Frage stellen, was nun wohl kommen würde.

Ich nahm den Vorwärtshebel in die eine, den Rückwärtshebel in die andere Hand, presste den einen und bremste mit dem anderen gleich wieder ab. Mir war, als rotierte ich; ich hatte die Albtraumempfindung des Fallens; und als ich mich umblickte, sah ich, dass das Laboratorium genau so aussah wie zuvor. Hatte sich irgendetwas verändert? Einen Moment lang argwöhnte ich, mein Verstand hätte mich betrogen. Dann schaute ich zur Uhr. Nur einen Moment zuvor hatten die Zeiger noch etwa auf einer Minute nach zehn gestanden. Jetzt waren sie fast auf halb vier.

Ich holte Atem, biss die Zähne zusammen, fasste den Vorwärtshebel mit beiden Händen und flog mit einem dumpfen Schlag los. Das Laboratorium wurde neblig und dunkel. Mrs. Watchett kam herein und ging zur Gartentür –

offenbar ohne mich zu sehen. Sie wird vielleicht eine Minute zum Durchqueren des Raumes gebraucht haben, aber mir kam es vor, als schösse sie wie eine Rakete hindurch.

Ich drückte den Hebel bis zum Anschlag. Die Nacht kam, wie wenn man eine Lampe ausbläst, und im nächsten Moment kam der Morgen. Das Laboratorium wurde undeutlich, dann blasser und immer blasser. Hierauf kam die schwarze Nacht, dann Tag, wieder Nacht, wieder Tag, schneller und immer schneller. Ein wirbelndes Rumoren drang an meine Ohren und eine seltsame dumpfe Verwirrung legte sich auf meinen Geist.

Ich fürchte, die eigenartigen Empfindungen des Reisens in der Zeit kann ich nicht verdeutlichen. Sie sind außerordentlich unangenehm. Man hat ein Gefühl wie auf einer Rutschbahn – ein Gefühl steuerungsloser, jäher Bewegung! Und zusätzlich das furchtbare Gefühl eines drohenden Zusammenstoßes. Als ich die Geschwindigkeit steigerte, folgte die Nacht dem Tage wie das Schlagen eines schwarzen Flügels.

Dann schien der dunkle Umriss des Laboratoriums von mir abzufallen, und ich sah die Sonne über den Himmel springen: Jede Minute raste sie hinüber, und jede Minute war ein Tag. Ich dachte mir, das Laboratorium sei zerstört und ich sei in die freie Luft hinausgeblasen. Ich hatte eine dunkle Empfindung des Hinabfallens, aber ich fuhr schon zu schnell, um noch sich bewegende Dinge wahrzunehmen. Die langsamste Schnecke, die jemals kroch, raste zu schnell an mir vorbei. Die blinkende Folge von Dunkelheit und Licht war fürs Auge außerordentlich schmerzhaft. Dann sah ich in den dunklen Intervallen den Mond schnell durch seine Viertel jagen, vom Neumond bis zum Vollmond, und in der Dunkelheit sah ich die kreisenden Sterne. Dann wurde, als ich immer noch an Geschwindigkeit gewann, das Zucken von Tag und Nacht zu einer kontinuierlichen Grauheit; der Himmel nahm ein wundervolles Tiefblau an, eine irisierende, leuchtende Farbe gleich der des frühen

Zwielichts; die springende Sonne wurde ein Feuerstreif, ein glänzender Bogen im Raum; der Mond ein schwächeres, fluktuierendes Band; und von den Sternen konnte ich nichts mehr sehen als hin und wieder einen helleren Kreis, der im Blau aufzitterte.

Die Aussenwelt war neblig und unbestimmt. Ich befand mich noch auf dem Bergabhang, an dem dieses Haus hier steht, und der Vorsprung der Kuppe erhob sich grau und undeutlich über mir. Ich sah Bäume wie Fontänen wachsen und sich ändern, bald braun, bald grün: sie wuchsen, uferten aus, zerbrachen und vergingen. Ich sah große Gebäude sich matt und anmutig erheben und wie Träume wieder dahinschwinden. Die ganze Oberfläche der Erde schien unter meinen Augen weich und formbar zu schmelzen und zu zerfließen. Die kleinen Zeiger auf den Armaturen, die meine Geschwindigkeit zeigten, rasten rascher und rascher herum. Dann sah ich, dass das Sonnenband in einer Minute, oder weniger, von Wendekreis zu Wendekreis auf und nieder schwankte – dass also meine Geschwindigkeit über ein Jahr in der Minute betragen musste; und Minute für Minute blitzte der weiße Schnee über die Welt und verschwand, und ihm folgte das helle, vergängliche Grün des Frühlings.

Die unangenehmen Empfindungen der Reise waren jetzt weniger aufdringlich. Sie gingen schließlich in einer Art hysterischen Frohlockens unter. Ich bemerkte freilich ein träges Schwanken der Maschine, das zu erklären ich außerstande war, aber mein Geist war zu verwirrt, um darauf zu achten; und so stürzte ich mich in einer Art Wahnsinn, der mich überkam, in die Zukunft. Erst dachte ich kaum daran, zu bremsen; ich dachte kaum an anderes als diese neuen Eindrücke. Aber dann stieg in meinem Geist eine neue Reihe von Empfindungen empor – Neugier gepaart mit einer gewissen Angst – die mich schließlich ganz in Besitz nahmen. Welche seltsamen Entwicklungen der Menschheit, welche wundervollen Fortschritte gegen unsere rudimentäre Zivilisation, dachte ich, würden sich mir erschließen, wenn ich genauer in die dunkle, flüchtige Welt hineinschaute, die vor meinen Augen raste und pochte! Ich sah große und glänzende Architektur um mich aufsteigen, massiver als irgendwelche Gebäude unserer Zeit, und doch, wie es schien, aus Glimmern und Flirren gebaut. Ich sah ein reicheres Grün den Hügelhang herauf fließen, und die winterliche Unterbrechung blieb aus. Selbst durch den Schleier meiner Verwirrung erschien mir die Erde sehr schön. Und so beschloss ich, anzuhalten.

Die besondere Gefahr lag in der Möglichkeit, dass ich in dem Raum, den ich oder die Maschine einnahm, auf Substanz treffen würde. Solange ich mit großer Geschwindigkeit durch die Zeit fuhr, war das kein Problem: Ich war sozusagen verdünnt – schlüpfte wie Äther durch die Poren dazwischenliegender Substanzen! Aber wenn ich anhielt, so musste ich mich Molekül für Molekül in alles hineinquetschen, was mir im Wege lag. Ich würde meine Atome mit denen des Hindernisses in so enge Berührung bringen, dass eine heftige chemische Reaktion – womöglich eine weitreichende Explosion – erfolgen und mich und meinen Apparat aus allen möglichen Dimensionen heraus ins Unbekannte schleudern musste.

Diese Möglichkeit war mir immer wieder vor Augen gekommen, als ich die Maschine gebaut hatte; aber da hatte ich das wohlgemut als eine unvermeidliche Gefahr hingenommen – eine von den Gefahren, die ein Mann auf sich nehmen muss! Jetzt, da ich dieser Gefahr nicht mehr ausweichen konnte, sah ich sie nicht mehr in dem freundlichen Licht. Unmerklich hatte die absolute Fremdartigkeit von allem, das elende Surren und Schwanken der Maschine, und vor allem die Empfindung unablässigen Fallens, meine Nerven vollständig blank gelegt. Ich sagte mir, ich würde wohl nie mehr anhalten können, und in einem Anfall von Sturheit beschloss ich, auf der Stelle zu bremsen. Wie ein ungeduldiger Narr zog ich den Hebel herüber, und unvermeidlich überschlug sich das Ding, und ich flog kopfüber durch die Luft.

In meinen Ohren dröhnte es wie Donner. Vielleicht war ich einen Moment betäubt. Ein erbarmungsloser Schauer von Hagel zischte um mich, und ich saß auf weicher Wiese vor der umgekippten Maschine. Alles schien noch grau, aber bald spürte ich, dass die Verwirrung in meinen Ohren nachließ. Ich sah mich um. Ich saß auf Gras, das ein kleiner Rasen in einem Garten zu sein schien; er war von Rhododendronbüschen umgeben, und ich sah, dass ihre violetten und purpurnen Blüten sich unter dem Prasseln der Hagelkörner beugten. Der springende, schwirrende Hagel hing an einer kleinen Wolke über der Maschine und trieb wie Rauch über den Boden hin. In einem Augenblick war ich bis auf die Haut durchnässt. »Schöner Empfang«, sagte ich, »für einen Mann, der unzählige Jahre durchreist hat, um euch zu sehen.« Plötzlich dachte ich, welch ein Narr ich doch war, mich so durchnässen zu lassen.

Eine kolossale Gestalt, offenbar aus irgendeinem weißen Fels gemeißelt, ragte undeutlich durch den nebligen Guss über den Rhododendren auf. Aber sonst war nichts von der Welt zu sehen.

Meine Empfindungen sind schwer zu schildern. Als die Hagelschauer dünner wurden, sah ich die weiße Figur deutlicher. Sie war sehr groß, denn eine Silberbirke reichte ihr nur bis zur Schulter. Sie bestand aus weißem Marmor, an Gestalt etwa wie eine geflügelte Sphinx, aber die Flügel nicht an den Seiten angelegt, sondern ausgebreitet, als ob sie schwebte. Der Sockel schien mir aus Bronze zu sein, und er war dick mit Grünspan belegt. Das Gesicht war mir zugewandt; die blinden Augen schienen mich zu beobachten; auf den Lippen lag der leichte Zug eines Lächelns. Sie war sehr verwittert, und das gab ihr den unangenehmen Eindruck des

Siechtums. Ich stand und sah sie eine Weile an ... mag es eine halbe Minute oder eine halbe Stunde gewesen sein. Sie schien vorzurücken und zurückzuweichen, je nachdem der Hagel dichter oder dünner vor ihr niederprasselte. Schließlich zog ich die Augen einen Moment von ihr ab und bemerkte, dass der Hagel fadenscheiniger geworden war und dass der Himmel sich mit dem Versprechen des Sonnenscheins aufhellte.

Ich sah wieder zu der kauernden weißen Gestalt empor, und mich überkam plötzlich die ganze Kühnheit dieser Reise. Was mochte auftauchen, wenn dieser neblige Vorhang völlig zurückgezogen war? Was mochte mit der Menschheit geschehen sein? Was, wenn Grausamkeit zu einem gewöhnlichen Habitus geworden war? Wie, wenn das Menschengeschlecht inzwischen seine Mannhaftigkeit verloren und sich zu etwas Unmenschlichem, Unsympathischem und überwältigend Mächtigem entwickelt hatte? Ich mochte als wildes Tier aus einer alten Welt erscheinen, nur umso schlimmer und abstoßender wegen unserer Gemeinsamkeiten – ein Geschöpf, das man alsbald erschlagen musste.

Alsbald sah ich andere gewaltige Gebäude mit riesigen verschlungenen Brüstungen und hohen Arkaden, die mich auf dem Hügelhang umzingelten. Mich ergriff panische Furcht. Ich wandte mich wie irre zurück zur Zeitmaschine und versuchte, sie zu reparieren. Und während ich das tat, brach die Sonne durch und der Gewittervorhang wurde beiseite gefegt und verschwand wie der schleppende Umhang eines Geistes. Im intensiven Blau des Sonnenhimmels stoben ein paar schwache, bräunliche Wolkenfetzen wirr ins Nichts. Die großen Bauten um mich standen klar und scharf umrissen und glänzten von der Nässe des Unwetters. Ich fühlte mich, wie sich ein Vogel in klarer Luft fühlen mag, wenn er weiß, dass der Falke über ihm schwebt und jeden Moment zupacken kann. Die Angst wurde zum Wahnsinn.

Ich holte tief Luft, presste die Zähne zusammen und stemmte noch einmal wild meine Knie gegen der Maschine. Sie gab unter meinem verzweifelten Kampf nach und richtete sich auf, schlug mir dabei aber heftig gegen mein Kinn. Eine Hand am Sattel, die andere am Hebel, stand ich keuchend da, wild darauf wieder aufzusteigen.

Aber gleichzeitig gewann ich durch die neu gewonnene Rückzugsmöglichkeit auch meinen Mut zurück. Ich blickte mit mehr Neugier und weniger Furcht auf diese Welt der fernen Zukunft. In einer kreisrunden Öffnung hoch oben in der Mauer des nächstgelegenen Gebäudes sah ich eine Gruppe von in sanftweiche Gewänder gekleidete Gestalten. Sie hatten mich gesehen, und ihre Gesichter waren mir direkt zugewandt.

Dann hörte ich Stimmen sich mir nähern. Durch die Büsche bei der weißen Sphinx drangen Köpfe und Schultern laufender Männer. Einer von ihnen tauchte auf dem Pfad auf, der geradewegs zu dem kleinen Rasenplatz führte, auf dem ich mit meiner Maschine stand. Es war ein kleines Geschöpf – vielleicht vier Fuß hoch – in eine purpurne Tunika gekleidet, die an den Hüften mit einem Lederband geschnürt war. An seinen Füßen trug er Sandalen oder Halbschuhe – ich konnte es nicht deutlich erkennen; seine Beine waren bis zu den Knien nackt und sein Kopf unbedeckt. Als ich das sah, bemerkte ich zum ersten Mal, wie warm die Luft hier war.

Er erschien als ein sehr schönes und anmutiges Geschöpf, aber unsagbar fragil. Sein gerötetes Gesicht erinnerte an die schönere Art von Ausgezehrten – jene hektische Schönheit, von der wir so viel haben zu hören bekommen. Bei seinem Anblick gewann ich plötzlich meine Zuversicht zurück und nahm die Hände von der Maschine.

Kapitel 4 – In der goldenen Ära

Einen Augenblick später standen wir uns gegenüber, ich und dieses fragile Geschöpf aus der Zukunft. Er kam direkt auf mich zu und lachte mir in die Augen. Gleich bemerkte ich, dass in seiner Haltung jedes Zeichen von Furcht fehlte. Er wandte sich zu den beiden anderen, die ihm folgten, und sprach mit ihnen in einer fremden und sehr melodischen flüssigen Sprache.

Es kamen noch mehr heran, und bald umringte mich eine Gruppe von vielleicht acht oder zehn dieser feinen Geschöpfe. Einer von ihnen redete mich an. Merkwürdig genug kam mir der Gedanke, meine Stimme sei für sie zu hart und tief. Also schüttelte ich den Kopf, deutete auf meine Ohren und schüttelte ihn noch einmal. Er trat einen Schritt in meine Richtung, zögerte, und berührte dann meine Hand. Dann spürte ich noch mehr kleine, weiche Taster auf Rücken und Schultern. Sie wollten sich überzeugen, dass ich real war.

All das war durchaus nicht beängstigend. Ja, irgendetwas in diesen hübschen, kleinen Leuten flößte Vertrauen ein – eine anmutige Weichheit, eine gewisse kindliche Unschuld. Und außerdem sahen sie so zart aus, dass ich mir vorstellen konnte, das ganze Dutzend von ihnen wie Kegel umzuwerfen. Als ich ihre kleinen, rosigen Hände nach der Zeitmaschine tasten sah, machte ich eine schnelle Bewegung, um sie zu warnen. Zum Glück erkannte ich da, ehe es zu spät war, eine Gefahr, die ich bisher außer acht gelassen hatte, und über den Rahmen der Maschine greifend schraubte ich die kleinen Hebel los, die sie in Bewegung setzen konnten, und steckte sie in die Tasche. Dann drehte ich mich wieder herum, um zu sehen, wie man sich verständigen könne.

Und dann schaute ich mir ihre Gesichtszüge genauer an und erkannte einige weitere Besonderheiten ihres porzellanartigen

Typus der Schönheit. Ihr Haar, das durchweg lockig war, hörte an Hals und Backen scharf auf; im Gesicht war nicht die geringste Spur von Haar zu erkennen, und die Ohren waren merkwürdig klein. Der Mund war ebenfalls klein, mit leuchtendem Rot und ziemlich schmalen Lippen, und das kleine Kinn lief in eine Spitze aus. Die Augen waren groß und sanft; und – das mag als Egoismus meinerseits erscheinen – mir war sogar, als ließen sie es an dem Interesse fehlen, das ich von ihnen hätte erwarten können.

Da sie keinen Versuch unternahmen, sich mit mir zu verständigen, sondern einfach lächelnd um mich standen und in weichen Tönen miteinander girrten, begann ich die Unterhaltung. Ich zeigte auf die Zeitmaschine und auf mich selbst. Dann überlegte ich einen Moment, wie ich die Zeit ausdrücken sollte, und deutete auf die Sonne. Sofort folgte eine malerische hübsche, kleine Gestalt in kariertem Purpur und Weiß meiner Geste und erstaunte mich dann, indem sie den Schall des Donners nachahmte.

Für einen Moment war ich irritiert, obgleich der Gehalt seiner Antwort klar genug schien. Mir kam plötzlich die Frage: Sind diese Wesen Narren? Vielleicht verstehen Sie, lieber Leser, kaum, wie mir das erschien. Aber sehen Sie, ich hatte immer angenommen, Menschen aus dem Jahr Zweitausendacht-hundert-und-so-weiter würden uns an Wissen, Kunst und Allem unglaublich weit voraus sein. Und nun stellte mir einer von ihnen eine Frage, die ihn auf dem intellektuellen Niveau eines fünfjährigen Kindes zeigte – und wollte allen Ernstes wissen, ob ich in einem Donnersturm von der Sonne herab-gekommen sei? Ich ließ dem Urteil lauf, das ich wegen ihrer Kleidung, ihrer dünnen, leichten Glieder und zerbrechlichen Züge zurückgehalten hatte. Eine Flut der Enttäuschung stürzte durch meinen Geist. Einen Moment lang empfand ich, dass der Bau der Zeitmaschine sinnlos gewesen war.

Ich nickte, zeigte auf die Sonne und ahmte einen Donnerschlag so lebendig nach, dass es sie erschreckte. Sie traten alle einen Schritt oder so zurück und verbeugten sich. Dann trat einer lachend mit einer Kette von zauberhaften Blumen, die ich noch nie gesehen hatte, nach vorne und hängte sie mir um den Hals. Die Geste wurde mit melodischem Applaus aufgenommen; und alsbald liefen sie hierhin und dorthin, um Blumen zu sammeln und bewarfen mich lachend damit, bis ich unter Blüten fast erstickte. – Sie haben nie etwas Ähnliches gesehen und können sich kaum vorstellen, was für zarte und wundervolle Blumen zahllose Jahre der Kultivierung geschaffen hatten. – Dann regte einer an, ihr neuer Spielkamerad solle im nächsten Gebäude ausgestellt werden, und so wurde ich an der Sphinx aus weißem Marmor vorbei, die mich die ganze Zeit amüsiert über mein Erstaunen betrachtet zu haben schien, zu einem großen grauen Gebäude aus durchbrochenem Stein geführt. Als ich so mit ihnen ging, kam mir mit unwiderstehlicher Heiterkeit die Erinnerung an meine zuversichtlichen Prophezeiungen von einer tief ernsten und intellektuellen Zukunftsgesellschaft in den Sinn.

Das Gebäude hatte einen riesigen Eingang und war überhaupt von kolossalen Ausmaßen. Mich beschäftigte natürlich am meisten die wachsende Menge kleiner Menschlein und die mächtigen offen stehenden Portale, die mir schattenhaft und geheimnisvoll entgegen gähnten. Mein Haupteindruck von der Welt, die ich ringsum sah, war der eines verheddertes Gemischs von wundervollen Büschen und Blumen, gleich einem lange vernachlässigten und doch von Unkraut rein gebliebenen Gartens. Ich sah eine Menge hochstieliger, seltsamer, weißer Blumen, die die Fläche der wächsernen Blütenblätter vielleicht um einen Fuß überragten. Sie wuchsen zerstreut, wie wild unter mancherlei Gebüsch, aber wie gesagt, ich untersuchte sie damals nicht weiter. Die Zeitmaschine war auf dem Rasen zwischen den Rhododendren zurück geblieben.

Der Torbogen war mit reicher Skulptur geschmückt, aber natürlich betrachtete ich die Arbeit nicht sehr genau, obgleich ich im Durchgehen Anklänge an altphönizische Ornamentik zu bemerken meinte und mir auffiel, dass es sehr mitgenommen und verwittert wirkte. Mehrere etwas aufwändiger gekleidete Menschen traten mir im Torweg entgegen, und so gingen wir hinein – ich in schmutzige Kleider des neunzehnten Jahrhunderts gehüllt, grotesk genug, mit Blumen bekränzt, umgeben von einer wirbelnden Masse heller, pastellfarbener Roben und leuchtender Glieder, in einem melodischen Tanz des Lachens und Schnatterns.

Das große Tor führte in eine entsprechend große, braunbehangene Halle mit beschattetem Dach. Die zum Teil mit farbigem Glas versehenen, zum Teil unverglasten Fenster ließen mildes Licht herein. Der Fußboden bestand aus ungeheuren Blöcken eines sehr harten, weißen Metalls, nicht etwa Steinplatten oder Fliesen, und er war so abgenutzt – wie mir schien, durch das Hin- und Hergehen vergangener Generationen – dass die häufiger betretenen Wege zu richtigen Kanälen geworden waren. Quer zur Längsachse standen unzählige Tische, die, aus Platten polierten Steins gemacht, vielleicht vom Boden einen Fuß hoch und mit Bergen von Früchten bedeckt waren. Einige davon erkannte ich als eine Art übergroßer Himbeeren und Orangen, die meisten waren mir fremd.

Zwischen den Tischen lagen am Boden zahllose Kissen verstreut. Auf diese setzten meine Führer sich und bedeuteten mir, das gleiche zu tun. Zwanglos und ohne jede Zeremonie begannen sie die Früchte aus den Händen zu essen und warfen Schalen, Stängel und so weiter in die runden Öffnungen an den Tischseiten. Ich ließ mich nicht zweimal bitten, denn ich war hungrig und durstig. Währenddessen betrachtete ich die Halle.

Was mir dabei vielleicht am meisten auffiel, war das verfallene Aussehen. Die bunten Glasfenster mit ihren geometrischen Mustern waren an vielen Stellen zerbrochen, und die Vorhänge, die am anderen Ende hingen, waren dick mit Staub bedeckt. Und mir fiel ins Auge, dass die Ecke des nächsten Marmortisches abgebrochen war. Dennoch war der Gesamteindruck außerordentlich reich und malerisch. Es aßen vielleicht ein paar hundert Leute in dieser Halle und die meisten hatten sich in meine Nähe gesetzt und beobachteten mich, während sie ihre Früchte aßen, mit glänzenden Augen. Alle waren in das gleiche weiche und seidige Material gekleidet.

Früchte waren, nebenbei bemerkt, ihre einzige Speise. Diese Leute der fernen Zukunft waren strenge Vegetarier, und solange ich bei ihnen war, musste auch ich trotz Hungers nach Fleisch zum Fruchtesser werden. Später erfuhr ich sogar, dass Pferde, Rinder, Schafe und Hunde gleich dem Ichthyosaurus ausgestorben waren. Aber die Früchte waren köstlich; besonders eine, die dort gerade ihre Reifezeit hatte – ein mehliges Ding in dreikantiger Schale – war lecker, und ich machte sie zu meiner Hauptspeise. Zuerst verwirrten mich alle diese fremden Früchte und die fremden Blumen, die ich sah, aber ich begann, ihre Notwendigkeit einzusehen.

Doch ich werde Sie nicht weiter mit meinen Obstmahlzeiten in der fernen Zukunft langweilen. Sobald mein Appetit ein wenig gestillt war, machte ich einen erneuten Versuch, die Sprache dieser neuen Menschen zu lernen – das war das Erste, was zu tun schien. Die Früchte schienen für den Anfang ein passender Gegenstand zu sein, und indem ich eine hochhielt, begann ich eine Reihe von fragenden Lauten und Gesten. Es war außerordentlich schwer, klarzumachen, worauf ich hinaus wollte. Zunächst erntete ich erstaunte Blicke und unablässiges Gelächter, aber dann schien ein blondes, kleines Geschöpf meine Absicht zu begreifen und sagte wiederholt ein Wort.

Sie hatten darüber untereinander lange zu schnattern und sich die Sache auseinanderzusetzen, – und meine ersten Versuche, ihre feinen, kleinen Laute nachzuahmen, erregten enormes, unverhohlenes, wenn auch mir gegenüber ein wenig unhöfliches Vergnügen. Aber ich fühlte mich wie ein Lehrer in einer Klasse und blieb standhaft, und bald hatte ich wenigstens einige zwanzig Substantive zur Verfügung; dann versuchte ich Pronomen zu demonstrieren, und sogar das Verbum *essen*. Aber es war zähe Arbeit, und die kleinen Leute waren bald müde davon und wollten meine Fragen los sein; und so beschloss ich, ziemlich gezwungenermaßen, ihnen ihre Lektionen in sehr kleinen Dosen abzuringen, wenn sie Lust dazu hatten. Und sehr bald fand ich, dass es wirklich sehr kleine Dosen sein mussten, denn ich bin nie gleichgültigeren (oder schneller ermüdenden) Leuten begegnet.

Kapitel 5 – Die Dämmerung der Menschheit

ETWAS WUNDERLICHES hatte ich bald an meinen kleinen Gastgebern entdeckt, und das war ihr Mangel an Interesse. Zwar kamen sie wie Kinder mit neugierigen Rufen des Staunens zu mir, aber schon bald hörten sie wieder auf, mich zu prüfen, und wandten sich einem anderen Spielzeug zu. Als das Essen und die ersten Versuche meiner Konversation zu Ende waren, bemerkte ich zum ersten Mal, dass alle, die mich zuerst umgeben hatten, fort waren. Erstaunlich auch, wie schnell ich mich dem anpasste und sie auch nicht mehr beachtete. Immer mehr von diesen kleinen Menschen der Zukunft traf ich, sie folgten mir in einigem Abstand, schwätzten und lachten über mich und überließen mich wieder meinen eigenen Plänen, nachdem sie mich freundlich angelächelt und gestikuliert hatten.

Als ich aus der großen Halle heraustrat, lag Abendruhe über der Welt, und die warme Glut der untergehenden Sonne beschien die Szene. Zuerst waren die Dinge sehr verwirrend. Alles war so ganz anders als in der Welt, die mir vertraut war – sogar die Blumen. Das große Gebäude, aus dem ich ins Freie getreten war, lag am Hang eines breiten Flusstals, aber die Themse hatte ihren Lauf um vielleicht eine Meile von ihrem gegenwärtigen Bett verschoben. Ich beschloss, vielleicht anderthalb Meilen entfernt, auf die Kuppe eines Hügels zu steigen, von dem aus ich besseren Ausblick auf unseren Planeten im achthundertzweitausendsiebenhunderteinsten Jahr nach Christus haben würde; denn das, sollte ich erklärend hinzufügen, war das Datum, das die kleinen Zifferblätter meiner Maschine angezeigt hatten.

Als ich dorthin ging, achtete ich auf jedes Indiz, das etwa den Zustand verfallenen Glanzes erklären konnte, in dem ich die Welt vorgefunden hatte – denn es war eine Welt in Ruinen. Ein wenig den Hügel hinauf zum Beispiel, lag ein großer Haufen von Granit, verbunden durch Aluminiummassen, ein ungeheures Labyrinth steiler Mauern und zerbröckelter Massen, zwischen denen dichte Haufen sehr schöner pagodenartiger Pflanzen standen – vielleicht Nesseln – aber längs der Blätter wundervoll bräunlich gefärbt und nicht imstande, zu ätzen. Das Ganze waren offenbar die Trümmer eines Riesenbaus, wozu erbaut, das war nicht feststellbar. Hier sollte ich später ein sehr seltsames Erlebnis haben – die erste Andeutung einer noch seltsameren Entdeckung. Doch davon will ich an passender Stelle erzählen.

Als ich mich, einer plötzlichen Eingebung folgend, von einer Terrasse aus umsah, auf der ich eine Weile geruht hatte, erkannte ich, dass nirgendwo kleinere Häuser zu sehen waren. Offenbar waren Einfamilienhäuser, vielleicht Haushalte an sich, verschwunden. Hier und dort standen im Grünen palastartige Gebäude, aber das kleine Haus und das Landhaus, das einen so charakteristischen Zug englischer Landschaft ausmacht, war verschwunden.

»Kommunismus«, sagte ich zu mir selber.

Und diesem Gedanken folgte unmittelbar ein weiterer. Ich betrachtete das halbe Dutzend kleiner Gestalten, die mir folgten. Alle trugen die gleiche Bekleidung, alle hatten die gleichen, weichen haarlosen Gesichter und die gleiche mädchenhafte Rundung der Gliedmaßen. Es mag seltsam klingen, aber das war mir bisher tatsächlich nicht aufgefallen. Zunächst war ja alles so verwirrend gewesen, doch jetzt sah ich diese Tatsache deutlich genug. In der Kleidung und in all den Einzelheiten des Körperbaus und der Haltung, die heutzutage die Geschlechtsunterschiede prägen, waren diese Zukunftswesen völlig gleich. Und die Kinder schienen mir die Miniaturausgaben ihrer Eltern zu sein. Nach meiner Einschätzung, die ich später bestätigt fand, waren die Kinder dieser Zeit sehr frühreif, wenigstens physisch.

In Anbetracht der Ruhe und Sicherheit, in der diese Leute lebten, schätzte ich, war diese Angleichung der Geschlechter schließlich nur, was man erwarten musste; denn die Kraft eines Mannes und die Weichheit einer Frau, die Institution einer Familie und die Arbeitsteilung waren bloße Verteidigungsmechanismen und Notwendigkeiten in einer Zeit der Gewalt. Wo aber die Bevölkerung im Gleichgewicht und reichlich vorhanden ist, werden viele Geburten für den Staat eher zum Übel als zur Segnung. Wo die Gewalttat selten wird und die Nachkommenschaft sicher ist, da ist eine kräftige Familie weniger nötig – ja, gar nicht nötig – und die Spezialisierung der Geschlechter im Hinblick auf die Bedürfnisse ihrer Kinder verschwindet. Einige Anfänge davon sehen wir sogar schon in unserer Zeit, und in dieser fernen Zukunft war es vollzogen. Dies, muss ich zu bedenken geben, war das, was ich mir damals zurechtlegte. Später sollte ich erkennen, wie weit ich danebengelegen hatte.

Während ich über diese Dinge nachsann, zog ein hübscher kleiner Bau meine Aufmerksamkeit auf sich – etwas wie ein Brunnen unter einer Kuppel. Ich dachte flüchtig daran, wie sonderbar es war, dass noch Brunnen existierten, und kehrte dann zu meinen Gedanken zurück. Bis zum Gipfel des Hügels gab es keine großen Gebäude mehr, und da meine Ausdauer des Voranschreitens offenbar hierzulande ein Wunder war, ließ man mich alsbald zum ersten Mal allein. Mit einer seltsamen Empfindung von Freiheit und Abenteuer drängte ich zum Gipfel des Hügels vor.

Dort fand ich einen Sitz aus einem mir nicht bekannten gelben Metall, das stellenweise von rötlichem Rost angenagt und halb von weichem Moos überlagert war; die Armlehnen des Sessels waren zu Greifenköpfen gefeilt. Ich setzte mich und überschaute den weiten Ausblick auf unsere altgewordene Welt unter dem Sonnenuntergang jenes langen Tages. Es war eine so liebliche und schöne Aussicht, wie ich sie nur je erblickt hatte. Die Sonne stand schon hinter dem Horizont, und der Westen war flammendes Gold mit einigen Horizontallinien von Purpur und Rot. Darunter lag das Tal der Themse, durch das der Fluss wie ein Band glänzenden Stahles floss. Ich habe bereits die großen Palästen erwähnt, die unter dem vielfältigen Grün verstreut standen – einige in Trümmern und einige noch bewohnt. Hier und dort erhob sich eine weiße oder silbrige Statue im wilden Garten der Erde; hier und dort sah ich die scharfe Vertikallinie einer Kuppel oder eines Obelisken. Es gab keine Hecken, keine Zeichen von Eigentumsrechten, kein Zeugnis der Landwirtschaft: Die ganze Erde war zum Garten geworden.

Als ich so niederschaute, begann ich den Dingen, die ich gesehen hatte, und wie sie sich an diesem Abend vor mir herausbildeten, meine Deutung zu geben. In etwa die folgende (später fand ich, dass ich nur eine Halbwahrheit erkannt hatte oder nur einen Widerschein einer einzigen Seite der Wahrheit): Mir schien, als hätte ich die Menschheit in ihrem Niedergang angetroffen. Die rote Dämmerung gab mir den Gedanken einer Dämmerung der Menschheit ein. Zum ersten Mal begann ich eine sonderbare Auswirkung der sozialen Anstrengungen zu ahnen, an denen wir heute arbeiten.

Es ist, recht bedacht, ein ganz natürlicher Ablauf: Die Kraft ist das Ergebnis der Not; Kraftlosigkeit aber ist der Tribut der Sicherheit. Die Arbeit an der Verbesserung der Lebensbedingungen – der echte Zivilisationsprozess, der das Leben immer sicherer macht – war stetig bis zu einem Höhepunkt gestiegen. Ein Triumph einer verbündeten Menschheit über die Natur war dem nächsten gefolgt. Dinge, die heute bloße Träume sind, waren mit Überlegung angegangene und ausgefeilte Pläne geworden. Und die Ernte war genau das, was ich sah!

Im Grunde sind Gesundheitsvorsorge und Lebensmittelproduktion unserer Zeit noch in rudimentärem Zustand. Die Wissenschaft unserer Zeit hat erst einen kleinen Teil des Spektrums menschlicher Krankheiten in Angriff genommen, aber beharrlich und unaufhaltsam breitet sie ihre Bemühungen aus. Unser Acker- und Gartenbau tilgt nur eben hier und dort ein Unkraut und kultiviert vielleicht gerade einmal zwanzig gesunde Pflanzen, und wir überlassen es dem größeren Teil, ein Gleichgewicht auszukämpfen, so gut sie können. Wir verbessern unsere Lieblingspflanzen und Tiere – und wie wenige sind das! – durch allmähliche Zuchtwahl: Bald einen neuen und besseren Pfirsich, bald eine kernlose Traube, bald eine schönere und größere Blume, bald eine nützlichere Rinderrasse. Wir verbessern sie langsam, weil unsere Ziele unklar und nur Versuche sind und unser Wissen sehr beschränkt ist; weil auch die Natur in unseren plumpen Händen scheu und langsam ist. Eines Tages wird all das besser und immer besser gemacht werden. So treibt der Strom trotz seiner Wirbel voran. Die ganze Welt wird intelligent und gebildet sein, wird zusammenarbeiten; alles wird schneller und schneller auf die Urbarmachung der Natur zielen. Schließlich werden wir die Waage des animalischen und vegetabilischen Lebens klug und sorgfältig eingestellt haben, sodass sie unseren menschlichen Bedürfnissen dient.

Diese Anpassung, meinte ich, musste hier vollzogen sein, und zwar gut. In der Zeitspanne, die meine Maschine durchsprungen hatte, musste sie ein für alle Mal vollzogen sein: Die Luft war frei von Mücken, die Erde frei von Unkraut und Pilzbefall; überall sah man Früchte und liebliche und köstliche Blumen; leuchtende Schmetterlinge flogen hierhin und dorthin. Das Ideal der Gesundheitsvorsorge war erreicht,

Krankheiten ausgemerzt. Ich habe während meines Aufenthalts kein Symptom ansteckender Krankheiten gesehen. Und ich werde Ihnen später erzählen müssen, dass selbst die Prozesse der Fäulnis und des Verfalles durch diese Veränderung beeinträchtigt worden waren.

Auch soziale Triumphe hatte man erreicht. Ich sah die Menschheit in glänzenden Gebäuden lebend, glorreich gekleidet, und bislang hatte ich sie noch bei keiner Arbeit angetroffen. Ich sah keine Zeichen des Kampfes. Die Ladengeschäfte, die Werbung, der Verkehr, all der Kommerz, die das Wesen unserer Welt prägen – all das war verschwunden. Es war folgerichtig, dass ich an jenem goldenen Abend das Ideal eines sozialen Paradieses vor Augen hatte. Das Problem der wachsenden Bevölkerung, dachte ich mir, hatte man eingedämmt, und die Bevölkerungszahl stieg nicht weiter an.

Aber mit diesem Wandel der Bedingungen kamen unausweichliche Anpassungen an den Wandel. Falls die Biologie nicht ein Haufen von Irrtümern ist, was ist denn die Ursache menschlicher Intelligenz und Kraft? Mühsal und Freiheit sind es: Die Bedingungen, unter denen die Tätigen, Starken und Raffinierten überleben und die Schwächeren an die Wand gedrückt werden; Bedingungen, die eine Prämie auf die loyale Allianz fähiger Männer, auf Selbstbeschränkung, Geduld und Tatkraft setzen. Und die Institution der Familie und die Empfindungen, die mit ihr einhergehen, die wilde Eifersucht, die Zärtlichkeit für Nachkommenschaft, elterliche Hingabe, all das fand seine Rechtfertigung und Stütze in der drohenden Gefahr für den Nachwuchs. Wo sind jetzt diese drohenden Gefahren? Ohne sie erhebt sich eine wachsende Empfindung gegen die eheliche Eifersucht, gegen wilde Mutterleidenschaft, gegen Leidenschaft jeglicher Art – mit einem Mal sind das unnötige Dinge geworden; Gefühle, die uns unwohl machen, wilde Überreste, Missklänge – unpassend in einem verfeinerten und heiteren Leben.

Ich dachte an die physische Schmächtigkeit dieser Leute, an ihren Mangel an Aufgewecktheit und an diese großen zahlreichen Ruinen – und das verstärkte meinen Glauben an die vollständige Zähmung der Natur. Denn nach der Schlacht kommt die Ruhe. Die Menschheit war stark, energisch und intelligent gewesen und hatte all ihre überbordende Schaffenskraft dazu benutzt, die Bedingungen, unter denen sie lebte, zu ändern. Und nun war die Reaktion dieser veränderten Bedingungen eingetreten.

Unter den neuen Bedingungen vollkommener Behaglichkeit und Sicherheit musste jene rastlose Energie, die bei uns Stärke ist, Schwäche werden. Schon in unserer eigenen Zeit sind gewisse Neigungen und Begierden, die einst zum Überleben nötig waren, nur zu einer konstanten Quelle des Misslingens geworden. Physischer Mut und Liebe zum Kampf zum Beispiel sind für den zivilisierten Menschen keine große Hilfe mehr – können eher Hindernisse darstellen. Und in einem Zustand physischer Balance und Sicherheit wäre physische wie intellektuelle Macht ausgemustert.

Seit vielen Jahren, so schätzte ich, hatte es wohl keine Gefahr des Krieges oder vereinzelter Gewalt mehr gegeben, keine Gefahr von wilden Tieren, keine vernichtende Krankheit, die Widerstandskraft erforderte, keinen Zwang zur Arbeit. Für ein solches Leben sind die, die wir die Schwachen nennen würden, ebenso gut ausgerüstet wie die Starken; sie sind dann nicht mehr schwach. Sie sind besser geeignet, denn die Starken würden von einer Energie verzehrt werden, die sie nicht loswerden könnten. Ohne Zweifel war die erlesene Schönheit der Gebäude, die ich sah, das Ergebnis der letzten Erhebungen der jetzt zwecklosen Energie der Menschheit, ehe sie sich zu vollkommener Harmonie mit den Bedingungen, unter denen sie lebte, zusammenfand – die Blüte eines Triumphes, mit dem der letzte, große Friede begann. Das ist von jeher das Schicksal von Energie, die in Sicherheit lebt: Sie wendet sich der Kunst und Erotik zu, und dann setzen Ermattung und Verfall ein.

Denn so ein künstlerischer Antrieb stirbt schließlich auch mit der Zeit – und war in der Zeit, in die ich gekommen war, fast ausgestorben. Dass sie sich mit Blumen schmückten, im Sonnenschein tanzten und sangen – soviel war vom künstlerischen Geist geblieben, mehr nicht. Und selbst das würde schließlich zu zufriedener Passivität erlöschen. Wir werden auf dem Schleifstein des Schmerzes und der Not scharf gehalten, und mir schien, hier war der verhasste Schleifstein endlich zerbrochen.

Als ich dort im zunehmenden Dunkel stand, meinte ich, ich hätte mit dieser simplen Erklärung das Problem der Welt gelöst – das ganze Geheimnis dieser fragilen Leute ergründet. Vielleicht hatten die Regelungen, die sie gegen das Anwachsen der Bevölkerung erfunden hatten, nur zu gut gewirkt, und ihre Zahl hatte sich sogar verringert, statt konstant zu bleiben. Das würde die verlassenen Ruinen erklären. Sehr einfach war meine Erklärung und plausibel genug – wie die meisten falschen Theorien!

Kapitel 6 – Ein schrecklicher Verlust

ALS ICH DORT so stand und über diesen allzu vollkommenen Triumph der Menschheit nachsann, stieg im Nordosten aus einer Flut silbrigen Lichtes hell und sichelförmig der Mond auf. Die hellen kleinen Gestalten unten gingen nicht mehr umher. Eine Eule huschte geräuschlos vorbei und ich fröstelte in der Kühle der Nacht. Ich beschloss, hinunterzusteigen und einen Schlafplatz zu suchen.

Ich hielt nach dem Gebäude Ausschau, das ich schon kannte. Da wanderte mein Auge fern hin zur Gestalt der weißen Sphinx auf dem Sockel aus Bronze, die deutlicher erkennbar war, als das Licht des steigenden Mondes heller schien. Ich konnte die Silberbirke daneben erkennen. Ich sah auch das Gebüsch der Rhododendren schwarz im bleichen Licht und sah den kleinen Rasen. Ich blickte noch einmal hin. Ein seltsamer Zweifel kühlte meine Selbstzufriedenheit. »Nein«, sagte ich bestätigend zu mir selber, »das kann nicht *der* Rasen sein«.

Aber er war es doch. Denn das weiße, narbige Gesicht der Sphinx war ihm zugewandt. Können Sie sich vorstellen, was ich empfand, als mir das klar wurde? Aber Sie können es unmöglich: Die Zeitmaschine war fort!

Sofort blitzte mir wie ein Peitschenschlag übers Gesicht die Möglichkeit auf, dass ich meine eigene Zeit verlieren könnte, dass ich hilflos in dieser fremden, neuen Welt feststecken würde. Der bloße Gedanke war ein tatsächlicher physischer Schlag. Ich fühlte, wie er mir den Atem abschnitt. Im nächsten Moment war ich in leidenschaftlicher Furcht und stürzte mit großen, springenden Sätzen den Hügel hinunter. Einmal fiel ich kopfüber hin und schnitt mir das Gesicht auf; ich verlor keine Zeit damit, das Blut zu stillen, sondern sprang auf und rannte weiter, während mir der Schweiß warm über Backen und Kinn lief. Die ganze Zeit, während ich rannte, sagte ich mir: »Sie haben sie ein wenig bewegt, sie unter die Büsche gezogen, damit sie nicht im Wege steht«. Trotzdem rannte ich mit aller Macht. Die ganze Zeit über wusste ich mit einer Gewissheit, wie sie bisweilen überbordende Angst begleitet, dass solche Beruhigung Torheit war, wusste instinktiv, dass die Maschine meinem Zugriff entzogen war. Mein Atem ging keuchend. Ich glaube, ich machte die ganze Strecke von der Kuppe des Hügels bis zum kleinen Rasen, vielleicht zwei Meilen, in zehn Minuten – und ich bin kein junger Mann mehr. Lauthals verfluchte ich unterwegs meine zuversichtliche Naivität, die Maschine alleine stehen zu lassen und verschwendete damit guten Atem. Ich rief laut, doch niemand antwortete. Kein Geschöpf schien sich in dieser mondhellen Nacht zu rühren.

Als ich den Rasen erreichte, bewahrheiteten sich meine schlimmsten Befürchtungen. Keine Spur war von dem Ding zu sehen. Ich fühlte mich schwach und klamm, als ich zwischen dem schwarzen Geflecht der Büsche vor dem leeren Platz stand. Ich lief wütend umher, als könne das Ding in einem Winkel versteckt sein, und dann blieb ich plötzlich Haare raufend stehen. Über mir ragte die Sphinx auf ihrem Bronzepodest: Weiß, leuchtend, pockennarbig im Licht des steigenden Mondes. Sie schien spöttisch auf mein Entsetzen herab zu lächeln.

Ich hätte mich mit dem Gedanken trösten können, dass die kleinen Leute die Maschine für mich unter Dach gebracht hätten, aber ich war überzeugt, dass sie das weder physisch noch intellektuell zu Stande gebracht hätten. Gerade das entsetzte mich: Die Ahnung einer bislang ungeahnten Macht, durch deren Eingriff meine Erfindung verschwunden war. Und doch war ich über eins ruhig: Wenn nicht eine andere Zeit ein genaues Duplikat hervorgebracht hatte, konnte die Maschine nicht in der Zeit gereist sein. Die Montage der Hebel – ich werde Ihnen die Methode später erklären – verhinderte insofern, wenn sie abgenommen waren, jede Manipulation. Sie hatte sich nur im Raum bewegt und war verborgen. Aber wo konnte sie sein?

Ich glaube, ich muss eine Art Wahnsinn durchlaufen haben. Ich entsinne mich, dass ich unter den monderleuchteten Büschen rings um die Sphinx ein und aus lief und ein weißes Wesen aufstöberte, das ich im Zwielicht für ein kleines Tier hielt. Ich erinnere mich auch, dass ich spät in der Nacht mit meinen geballten Fäusten die Büsche abklopfte, bis mir die Knöchel, von den gebrochenen Zweigen zerfetzt, bluteten. Dann ging ich schluchzend und in meiner Angst rasend zum großen Steingebäude hinunter. Die weite Halle war dunkel, still und verlassen. Ich glitt auf dem unebenen Boden aus und stürzte über einen der Malachit-Tische, wobei ich mir fast das Schienbein brach. Ich zündete ein Streichholz an und ging an den staubigen Vorhängen vorbei, von denen ich erzählt habe.

Dahinter fand ich eine zweite, große, mit Kissen am Boden bedeckte Halle, und auf den Kissen schliefen vielleicht einige zwanzig der kleinen Leute. Ich zweifle nicht, sie fanden mein zweites Erscheinen seltsam genug, denn ich kam plötzlich mit unartikulierten Lauten und im flackernden Licht eines Streichholzes aus dem stillen Dunkel. Sie kannten nämlich keine Streichhölzer mehr. »Wo ist meine Zeitmaschine?« begann ich wie ein zorniges Kind zu schreien und legte Hand an sie und schüttelte sie durcheinander. Es muss ihnen sehr wunderlich vorgekommen sein. Einige lachten, die meisten sahen furchtbar verängstigt aus. Als ich sie nun um mich stehen sah, fiel mir ein, dass ich das Falscheste tat, was ich unter diesen Umständen tun konnte, wenn ich das Ziel hatte, ihnen Furcht einzuflößen. Denn nach ihrem Benehmen bei Tage zu schließen, glaubte ich, Furcht müsse in dieser Welt vergessen sein.

Barsch schleuderte ich das Streichholz zu Boden und stolperte, einen der Umstehenden umstoßend, durch den großen Speisesaal wieder in den Mondschein hinaus. Sie riefen erschreckt, und ihre kleinen Füße liefen und flüchteten hierhin und dorthin. Ich kann mich nicht mehr an alles erinnern, das ich tat, während der Mond den Himmel hinaufkroch. Ich fühlte mich hoffnungslos von meiner eigenen Welt abgeschnitten – wie ein fremdes Tier in unbekannter Umgebung. Ich muss hin und her gerast sein, gebrüllt und auf Gott und Schicksal geflucht haben. An eine furchtbare Ermattung erinnere ich mich, als sich die lange Nacht der Verzweiflung hinzog; ich stöberte in diesem unmöglichen Versteck und jenem; ich tastete unter mondbeleuchteten Ruinen umher und berührte seltsame Geschöpfe im schwarzen Schatten; schließlich lag ich nahe der Sphinx am Boden und weinte in absolutem Elend, denn selbst die Wut darüber, dass ich die Maschine verlassen hatte, war mit meiner Kraft entschwunden. Mir blieb nichts als Elend. Dann schlief ich ein, und als ich erwachte, war es heller Tag, und auf dem Rasen hüpften nahe meiner Hand ein paar Sperlinge um mich.

In der Morgenfrische setzte ich mich auf und versuchte mich zu besinnen, wie ich dorthin gekommen war und warum ich eine so tiefe Verlassenheit und Verzweiflung spürte. Dann wurde mir alles wieder klar. Im einfachen, klaren Tageslicht konnte ich meiner Lage nüchterner ins Gesicht sehen. Ich sah die wilde Narrheit meines Wahnsinns in der Nacht, jetzt konnte ich nachdenken. Was wäre im schlimmsten Fall? fragte ich. Angenommen, die Maschine ist verloren – vielleicht vernichtet?

Es wäre das Beste, ruhig und geduldig zu sein, die Art der Leute zu studieren, eine klare Vorstellung davon zu bekommen, wie die Maschine abhanden gekommen war, ob ich mir vielleicht Material und Werkzeug beschaffen konnte, um eine neue zu bauen. Das wäre meine einzige Hoffnung, eine ärmliche Hoffnung vielleicht, aber besser als Verzweiflung. Und schließlich war es eine schöne und bemerkenswerte Welt.

Aber wahrscheinlich war die Maschine nur fortgeschafft worden. Auf jeden Fall musste ich ruhig und geduldig sein, das Versteck finden und sie durch List oder Gewalt zurückgewinnen. Und so sprang ich auf die Füße, blickte mich um und fragte mich, wo ich baden könnte. Ich war müde, steif und voll Reiseschmutz. In der Morgenfrische sehnte ich mich ebenfalls nach Frische. Meine Aufregung hatte sich erschöpft. Ich untersuchte den Boden und den kleinen Rasen. Einige Zeit verschwendete ich mit nutzlosen Fragen, die ich, so gut ich es konnte, an diejenigen kleinen Leute richtete, die vorbeikamen. Sie alle verstanden meine Gesten nicht; manche waren einfach dumm; andere hielten es für einen Scherz und lachten. Ich musste mich schwer zurückhalten, um nicht in ihre hübschen, lachenden Gesichtern zu schlagen. Es war ein törichter Impuls, aber der aus Furcht und blinder Wut gezeugte Teufel war noch kaum gezähmt und begierig, sich meine Verwirrung zunutze zu machen.

Der Rasen gab besseren Rat. Ich fand etwa in der Mitte zwischen dem Sockel der weißen Sphinx und den Fußabdrücken, wo ich bei meiner Ankunft die gestürzte Maschine aufgerichtet hatte, den Boden aufgerissen. Auch noch weitere Zeichen des Fortzerrens fand ich, und daneben wunderliche schmale Fußspuren, wie ich sie mir etwa von einem Faultier stammend denken konnte. Das lenkte meine Aufmerksamkeit auf das Podest der Sphinx. Ich glaube, ich hatte schon erwähnt, es war aus Bronze. Es war kein bloßer Block, sondern auf beiden Seiten mit tiefgefassten Platten verziert. Ich trat hin und klopfte daran. Das Podest war hohl. Als ich die Zierplatten sorgfältig prüfte, fand ich, dass sie nicht massiv mit dem Korpus verbunden waren. Griffe oder Schlüssellöcher gab es zwar nicht, aber vielleicht ließen sich die Seitenplatten, wenn es denn, wie ich nun vermutete, Türen waren, von Innen öffnen. Es gehörte nun keine große Geisteskraft dazu, um zu schließen, dass meine Zeitmaschine sich in diesem Sockel befand. Aber wie sie dort hineingekommen war, das war ein anderes Problem.

Ich sah die Köpfe zweier orangefarben gekleideter Leute durch die Büsche und unter ein paar blütenbedeckten Apfelbäumen auf mich zukommen. Ich wandte mich ihnen lächelnd zu und winkte. Sie kamen herbei, und ich versuchte ihnen, indem ich auf das Podest zeigte, meinen Wunsch klarzumachen, es zu öffnen. Aber schon bei meiner ersten Geste verhielten sie sich sehr merkwürdig. Ich weiß nicht, wie ich Ihnen diesen Ausdruck schildern soll. Stellen Sie sich vor, Sie gebrauchten einer feinsinnigen Frau gegenüber eine grob ungehörige Geste – so ähnlich wäre dann die Reaktion. Sie gingen davon, als wäre ihnen die größtmögliche Beleidigung widerfahren. Ich probierte es mit einem frisch aussehenden kleinen Burschen in Weiß und erzielte genau den gleichen Effekt. Ich fühlte mich peinlich befangen. Aber Sie wissen, ich wollte die Zeitmaschine haben und probierte es noch einmal mit ihm. Als er sich wie die anderen abwandte, riss mir die Geduld. In drei Schritten war ich ihm nach, packte ihn am Kragen und begann ihn zur Sphinx zu zerren. Dann erkannte ich das Grauen und den Abscheu auf seinem Gesicht und ließ ihn plötzlich los.

Aber noch gab ich nicht auf. Ich donnerte mit den Fäusten gegen die Bronzepaneele. Ich meinte zu hören, wie sich drinnen etwas rührte – um genau zu sein, ich meinte eine Art Kichern zu erlauschen – aber ich muss mich getäuscht haben. Dann holte ich mir einen großen Kieselstein vom Fluss und hämmerte, bis ich eine Delle in die Verzierung geschlagen hatte und der Grünspan in pulvrigen Flocken davonflog. Die zarten, kleinen Leute müssen mich bei meinen wiederkehrenden

Ausbrüchen auf beiden Seiten der Sphinx eine Meile weit haben hämmern hören, aber es geschah nichts weiter. Ich sah eine Gruppe von ihnen auf den Hängen, und sie blickten verstohlen zu mir her. Schließlich setzte ich mich schwitzend und müde hin und sah mir die Umgebung an. Aber ich war zu rastlos, um lange herumzusitzen, ich bin zu okzidentalisch für langes Warten. Ich könnte jahrelang an einem Problem arbeiten, aber vierundzwanzig Stunden lang tatenlos zu warten – das ist etwas anderes.

Nach einer Weile stand ich auf und begann ziellos durch die Büsche wieder auf den Hügel zuzugehen. »Geduld!« sagte ich mir. »Wenn du deine Maschine wiederhaben willst, musst du die Sphinx in Ruhe lassen. Wenn sie dir deine Maschine tatsächlich wegnehmen wollen, so nützt es wenig, wenn du ihnen die Bronzepaneele ruinierst; wenn nicht, wirst du sie zurückerhalten, sobald du darum bitten kannst.

Sich unter all diesen unbekannten Variablen mit solch einem Rätsel zu konfrontieren, ist hoffnungslos. Das geht in Richtung Monomanie. Tritt dieser Welt entgegen. Lerne ihre Wege, beobachte sie, hüte dich vor übereilten Schlüssen bezüglich ihres Wesens. Schließlich wirst du zu allem den Schlüssel finden.« Dann überkam mich plötzlich die Ironie der Situation: Der Gedanke an die Jahre, die ich im Studium und in Arbeit verbracht hatte, um in die Zukunft zu reisen, und jetzt meine leidenschaftliche Begier, wieder herauszukommen. Ich hatte mir die komplizierteste und hoffnungsloseste Falle geschaffen, die je ein Mensch ersonnen hat. Obgleich es auf meine Kosten ging, konnte ich nicht anders: Ich lachte laut.

Als ich durch den großen Palast ging, schien mir, die kleinen Leute mieden mich. Vielleicht bildete ich es mir nur ein, oder aber es hatte mit meinem Hämmern an den bronzenen Toren zu tun. Aber ich war mir dessen ziemlich sicher, dass sie mich mieden. Ich hütete mich jedoch, mir etwas anmerken zu lassen

und hielt mich zurück, sie darauf anzusprechen; und im Laufe
eines Tages oder so kamen wir zu dem alten Verhältnis zurück.
In der Sprache machte ich Fortschritte, so gut es ging, und
weitete obendrein meine Forschungen hierhin und dorthin aus.
Entweder entging mir irgendeine Feinheit, oder aber ihre
Sprache war außerordentlich simpel – bestehend fast nur aus
konkreten Substantiven und Verben. Abstrakte Begriffe schien
es – wenn überhaupt – kaum zu geben, ebensowenig meta-
phorische Rede. Die Sätze waren meist einfach, bestanden nur
aus zwei Wörtern, und es war mir nicht möglich, etwas anderes
als die einfachsten Wortverbindungen zu verstehen, noch
konnte ich selbst etwas Komplexeres ausdrücken. Ich beschloss, den Gedanken an meine Zeitmaschine und das
Geheimnis der Bronzetüren unter der Sphinx so gut es ging in
einen Winkel des Gedächtnisses zu schieben, bis mich mein
wachsendes Wissen ganz von selbst zu ihnen zurückführen
würde. So oder so hielt mich eine gewisses flaues Gefühl in
einem Umkreis von wenigen Meilen um meinen Ankunftsort
fest, wie man sicher nachvollziehen kann.

Kapitel 7 – Unzureichende Erklärungen

SOWEIT ich es überblicken konnte, entfaltete die ganze Welt hier den gleichen üppigen Reichtum wie das Themse-Tal. Von jedem Hügel aus, den ich bestieg, sah ich dieselbe Fülle glänzender Gebäude, in Material und Stil vielfältig variiert; dieselben vollen Dickichte von Immergrün, dieselben blütenbeladenen Bäume und Farne. Hier und dort leuchtete silbernes Wasser, und dahinter erhob sich das Land zu blauen, wogenden Hügeln und verblaute dann zur Heiterkeit des Himmels. Ein besonderes Merkmal, das bald meine Aufmerksamkeit erregte, waren die überall vorkommenden eigenartigen, kreisrunden Brunnen, von denen mehrere, wie mir schien, äußerst tief waren.

Einer lag an dem Pfad den Hügel hinauf, dem ich während meines ersten Spaziergangs gefolgt war. Wie die anderen auch, war er mit fremdartig gegossener Bronze eingefasst und durch eine kleine Kuppel vor Regen geschützt. Wenn ich am Rande dieser Brunnen saß und in das Dunkel hinunterschaute, konnte ich kein Wasser sehen; auch mit einem brennenden Streichholz konnte ich keinen Widerschein erzeugen. Aber in allen hörte ich einen bestimmten Schall: Ein Bumm – Bumm – Bumm, wie das Stampfen einer großen Maschine; und durch das Flackern meiner Zündhölzer bemerkte ich, dass ein stetiger Luftstrom in den Schacht hinunterzog. Einmal warf ich ein Stück Papier in einen der Schlunde, und statt langsam hinunterzuflattern, entschwand es sofort meinem Blick.

Nach einer Weile begann ich diese Brunnen mit den großen Türmen in Verbindung zu bringen, die hier und da auf den Hängen standen, denn über ihnen sah ich oft solch ein Flimmern in der Luft, wie man es an einem heißen Tag über einem sonnenversengten Strand sehen kann. Wenn ich das zusammen betrachtete, so schien es mir sehr wahrscheinlich,

dass ein ausgedehntes System unterirdischer Ventilation exis-
tierte, dessen wahren Zweck sich vorzustellen schwer war.
Zuerst meinte ich, es mit sanitären Einrichtungen in
Verbindung bringen zu können. Der Schluss nahe, aber er war
absolut verkehrt.

Und hier muss ich zugeben, dass ich von Wassersystemen
und Beförderungsmitteln und ähnlichen Annehmlichkeiten in
dieser realen Zukunft während meines Aufenthalts wenig
erfahren habe. In manchen jener Visionen und Zukunfts-
utopien, die ich gelesen hatte, stand jede Menge über
Konstruktionen und soziale Einrichtungen aller Art. Aber
während solche Details leicht zu bekommen sind, wenn man
sich eine Welt nur in der Phantasie ausmalt, sind sie dem
wirklichen Reisenden unter Gegebenheiten, wie ich sie hier
angetroffen habe, absolut unzugänglich. Denken Sie an einen
Bericht über London, den ein frisch aus Zentralafrika
kommender Schwarzer seinem Stamm zurückbrächte!

Was wüsste er von Eisenbahngesellschaften, von sozialen
Bewegungen, von Telefon und Telegraphendraht, von der
Paketpost, Banküberweisungen und all das? Und dabei wären
wir immerhin noch bereit und fähig, ihm diese Dinge zu
erklären. Und selbst von dem, was er wüsste: Wie viel davon
könnte er seinem zu Hause gebliebenen Freund verständlich
machen? Und bedenken Sie dabei, wie schmal doch die
Verschiedenheit zwischen einem Schwarzen und einem Weißen
unserer Zeit ist; aber wie weit der Abstand zwischen mir und
jenen aus der *Goldenen Zeit*! Ich fühlte vieles, was unsichtbar
meinen Komfort erhöhte; aber abgesehen von einem
allgemeinen Eindruck automatischer Organisation, fürchte ich,
kann ich wenig davon dingfest machen.

Was zum Beispiel Begräbnisse anging, so sah ich weder ein
Zeichen von Krematorien noch irgendetwas, das an Gräber
erinnerte. Aber ich bedachte, dass es irgendwo außerhalb des

Umkreises meiner Untersuchungen Friedhöfe oder Krematorien geben könnte. Über diese Frage, wie über viele andere, grübelte ich intensiv – aber meine Neugier blieb, was das betraf, zunächst völlig unbefriedigt. Die Sache gab mir zu denken, und sie führte mich zu einer weiteren Entdeckung, die mir noch mehr zu schaffen machte: Dass es nämlich unter diesen Leuten hier keine Alten und keine Kranken gab.

Ich muss gestehen, dass meine Zufriedenheit mit meinen ersten Theorien über eine automatisierte Zivilisation und eine dekadente Menschheit nicht lange andauerte. Und doch wollte mir nichts besseres einfallen. Lassen Sie mich Ihnen die Ungereimtheiten aufzählen: Die verschiedenen großen Paläste, die ich erforscht hatte, waren bloße Wohnorte – große Speisesäle und Schlafräume. Ich konnte keine Maschinerie, keine technischen Vorrichtungen irgendwelcher Art entdecken. Und doch waren diese Leute in schöne Gewebe gekleidet, die bisweilen erneuert werden mussten, und ihre Sandalen waren zwar schlicht, aber aus ziemlich komplizierter Metallarbeit. Irgendwo mussten solche Dinge hergestellt werden. Aber die kleinen Leute zeigten keine Spur von schöpferischer Neigung. Es gab keine Läden, keine Werkstätten, keine Anzeichen von Handel. Sie verbrachten ihre ganze Zeit, indem sie heiter spielten, im Fluss badeten, in halb scherzhafter Art flirteten und zusammen schliefen, Früchte aßen und sich ausruhten. Ich konnte nicht herausfinden, wie die Dinge am Laufen gehalten wurden.

Dann die Zeitmaschine: Irgendetwas, ich wusste nicht was, hatte sie in das hohle Podest der Sphinx verschoben. Warum? Es war mir unbegreiflich. Und dann diese wasserlosen Brunnen, diese flirrenden Türme. Ich fühlte, mir fehlte ein Schlüssel. Ich fühlte – wie soll ich es sagen? Denken Sie sich, Sie fänden eine Inschrift, die hier und dort Sätze in ausgezeichnet klarem Englisch enthielte, und unter sie gemischt andere, die aus Ihnen absolut unbekannten Worten, ja, Lettern bestünde. Nun – so etwa stellte sich mir am dritten Tag meines Besuchs die Welt von Achthundertzweitausendsiebenhundertundeins dar!

An jenem Tag fand ich auch eine Freundin – sozusagen. Als ich einigen der kleinen Leute an einer flachen Stelle beim Baden zusah, bemerkte ich, dass eine von ihnen einen Krampf bekam und den Strom hinunterzutreiben begann. Der Hauptstrom floss zwar ziemlich rasch, aber selbst für einen mäßigen Schwimmer nicht zu heftig. Es wird Ihnen also von der seltsamen Unzulänglichkeit dieser Geschöpfe eine Vorstellung geben, wenn ich erzähle, dass niemand auch nur den geringsten Versuch unternahm, dem elend schreienden kleinen Ding, das vor ihren Augen ertrank, zu Hilfe zu eilen. Als ich das sah, warf ich schnell meine Kleider ab, watete weiter unten hinein, fing das kleine Würmlein auf und zog sie sicher ans Land. Ein wenig Reiben der Glieder brachte sie bald zu sich, und ich hatte die Befriedigung, dass ich sie wohl und munter sah, ehe ich sie verließ. Ich war zu so niedriger Schätzung ihrer Art gekommen, dass ich gar keine Dankbarkeit mehr erwartete. Darin aber täuschte ich mich ich.

Das war am Morgen geschehen. Nachmittags traf ich dann meine kleine Frau, denn ich glaube, sie war es, als ich einen Ausflug beendet hatte zu meinem näheren Aufenthaltskreis zurückkam: Und sie empfing mich mit entzückten Rufen und schenkte mir eine große Blumengirlande, die sie offenbar eigens für mich gemacht hatte. Das Wesen nahm meine Phantasie gefangen. Sehr wahrscheinlich hatte ich mich einsam gefühlt. Auf jeden Fall tat ich mein Bestes, um die Gabe zu würdigen. Wir saßen bald unter einem kleinen Steinbogen zusammen, in eine Unterhaltung vertieft, die zumeist in Lächeln bestand. Die Freundlichkeit des Geschöpfes berührte mich genau wie die eines Kindes es hätte tun können. Wir gaben einander Blumen, und sie küsste mir die Hände. Ich tat dasselbe mit ihren. Dann versuchte ich zu plaudern und fand heraus, dass sie Weena hieß; ich wusste zwar nicht, was der Name bedeutete, aber irgendwie schien er mir passend genug. Das war der Beginn einer wundersamen Freundschaft, die eine Woche dauerte und endete – wie ich Ihnen noch erzählen werde.

Sie war wie ein Kind und wollte immer in meiner Nähe sein. Sie versuchte, mir überallhin zu folgen, und bei meiner nächsten Wanderung ging es mir ans Herz, sie so anzustrengen und schließlich erschöpft zurücklassen zu müssen, während sie mir klagend nachrief. Aber die Zusammenhänge der Welt wollen erkundet werden. Ich war ja nicht, sagte ich mir, in die Zukunft gereist, um einen Miniaturflirt zu beginnen. Doch war sie, wenn ich sie verließ, sehr betrübt, ihr Verhalten beim Abschied waren manchmal verzweifelt, und ich glaube überhaupt, ich hatte von ihrer Hingabe mehr Unruhe als Annehmlichkeit. Trotzdem war sie auf ihre Art ein großer Trost. Ich nahm an, sie hing in einfacher, kindlicher Liebe an mir. Bis es zu spät war, wusste ich nicht, was ich ihr jedes Mal antat, wenn ich sie verließ. Und ich verstand auch nicht, was sie mir bedeutete, ehe es zu spät war. Denn dadurch, dass sie mich gern zu haben schien und dass sie mir auf ihre schwache aber vergebliche Art zeigte, dass sie sich etwas aus mir machte, gab mir das kleine Püppchen bei meiner Rückkehr in die Nähe der weißen Sphinx alsbald das Gefühl, nach Hause zu kommen; und ich hielt, sobald ich über den Hügel kam, Ausschau nach ihrer winzigen Gestalt in Weiß und Gold.

Von ihr erfuhr ich, dass die Furcht die Welt noch nicht verlassen hatte. Bei Tag war sie furchtlos genug, und sie hatte das merkwürdigste Vertrauen zu mir; denn einmal machte ich in einem albernen Moment drohende Grimassen gegen sie, und sie lachte nur darüber. Aber sie fürchtete das Dunkel, fürchtete Schatten, fürchtete schwarze Dinge. Die Dunkelheit war ihr ein Grauen. Es war eine merkwürdig leidenschaftliche

Furcht, und ich musste darüber nachsinnen und Beobach-
tungen anstellen. Da fand ich unter anderem heraus, dass diese
kleinen Leute sich nach Einbruch der Nacht in den großen
Häusern sammelten und in Herden schliefen. Ohne ein Licht
den Raum zu betreten, bedeutete, sie in einen Aufruhr der
Angst zu versetzen. Ich habe nach Einbruch der Dunkelheit
nie einen von ihnen draußen angetroffen; und drinnen keinen,
der alleine schlief. Und doch war ich noch ein solcher
Dummkopf, dass ich keine Schlüsse aus dieser Furcht zog und
trotz Weenas Betrübnis darauf bestand, abseits dieser schlum-
mernden Mengen zu schlafen.

Das machte ihr große Sorge, aber schließlich triumphierte
ihre alte Liebe zu mir, und fünf Nächte, auch in der letzten
Nacht unserer Bekanntschaft, schlief sie, den Kopf auf
meinen Arm gebettet. – Aber ich verliere den Faden, während
ich von ihr spreche. – Es muss die Nacht vor ihrer Rettung
gewesen sein, als ich im Morgengrauen aufschreckte. Ich war
unruhig gewesen und hatte höchst unangenehm geträumt: Ich
ertrank, und Seeanemonen tasteten mir mit ihren weichen
Fühlern übers Gesicht. Ich fuhr hoch, und mir war, als sei
gerade ein graues Tier aus dem Raum gehuscht. Ich versuchte,
wieder einzuschlafen, aber war nervös und fühlte mich
unbehaglich. Es war jene unklare, graue Stunde, in der die
Dinge gerade aus dem Dunkel kriechen, wo alles farblos,
schattenrissig und unreal ist. Ich stand auf und ging in den
großen Saal hinunter und dann hinaus auf die Fliesen vor dem
Palast. Ich dachte, ich sollte aus der Not eine Tugend machen
und den Sonnenaufgang betrachten.

Der Mond ging unter, und das sterbende Mondlicht und die
erste Blässe der Dämmerung mischten sich zu einem
gespenstischen Zwielicht. Die Büsche waren tintig schwarz, der
Boden düsteres Grau. Der Himmel farb- und freudlos. Über
den Hügel hinauf meinte ich Geister zu sehen. Dreimal sah

ich, als ich den Hang prüfend betrachtete, weiße Gestalten. Zweimal meinte ich ein einzelnes weißes affenartiges Geschöpf den Hügel ziemlich rasch hinauflaufen zu sehen, und einmal sah ich bei den Ruinen eine Gruppe von ihnen einen dunklen Körper tragen. Sie bewegten sich schnell. Ich konnte nicht sehen, wohin sie verschwanden. Wie es schien, tauchten sie zwischen den Büschen unter. Die Dämmerung ließ alles erst schemenhaft erkennen, müssen Sie wissen. Ich hatte jenes frostige, ungewisse Frühmorgengefühl, das Sie vielleicht kennen. Ich misstraute meinen Augen.

Als der östliche Himmel heller wurde, das Tageslicht heraufzog und der Welt aufs Neue ihre lebhafte Färbung zurückgab, blickte ich noch einmal scharf in die Richtung. Aber ich sah keine Spur mehr von weißen Gestalten. Es waren bloß vom Zwielicht erzeugte Schemen gewesen. ›Es müssen Geister gewesen sein‹, sagte ich mir. ›Ich möchte wissen, woher sie kommen.‹ Mir kam dabei eine amüsante Idee Grant Allens[3] in den Sinn: Wenn jede Generation stirbt und ihre Geister hinterlässt, meint er, wird die Welt schließlich davon übervölkert sein.

Auf Grund dieser Theorie müssten sie in einigen achthunderttausend Jahren zahllos geworden sein, und es wäre kein großes Wunder, wenn man vier von ihnen auf einmal sähe. Aber der Scherz war unbefriedigend, und ich musste den ganzen Morgen über an diese Gestalten denken, bis die Rettung Weenas sie mir aus dem Kopf vertrieb. Ich brachte die Wesen in unbestimmte Verbindung mit dem weißen Tier, das ich auf meiner ersten verzweifelten Suche nach der Zeitmaschine aufgeschreckt hatte. Aber Weena war ein angenehmer

---

[3] *Grant Allen (1848–1899) war ein einflussreicher populärwissenschaftlicher Autor gegen Ende des 19. Jahrhunderts.*

Ersatz. Und trotzdem sollte sie meinen Geist bald auf entsetzliche Weise in Besitz nehmen.

Ich glaube, ich habe schon erwähnt, wie viel wärmer es in dieser Goldenen Zeit war als bei uns. Vielleicht war die Sonne heißer oder die Erde näher an die Sonne herangerückt? Normalerweise nimmt man an, dass sich die Gestirne in Zukunft ständig weiter abkühlen werden. Aber die Leute, die mit Theorien wie denen des jungen Darwin nicht vertraut sind, vergessen, dass die Planeten nacheinander letztendlich in den Mutterstern zurückstürzen müssen. Wenn diese Katastrophen eintreten, wird die Sonne mit verstärkter Energie aufleuchten – und vielleicht hatte einen der inneren Planeten dieses Schicksal bereits ereilt. Was auch immer der Grund sein mochte, die Tatsache bleibt, dass die Sonne sehr viel heißer brannte, als wir es kennen.

An einem sehr heißen Morgen also – ich glaube, es war mein vierter dort – suchte ich Schutz vor der Hitze und der gleissenden Helligkeit in einer riesigen Ruine in der Nähe des großen Gebäudes, in dem ich schlief und aß – als etwas Merkwürdiges geschah: Zwischen dem zerbröckelten Mauerwerk herumkletternd, fand ich eine schmale Galerie, deren Ende und die Seitenfenster von herabgestürzten Steinmassen versperrt waren. Im Kontrast zur Helligkeit draußen schien mir das Dunkel hier drin fast undurchdringlich. Tastend ging ich hinein, denn der Wechsel von Licht und Finsternis ließ mir farbige Flecken vor den Augen tanzen. Dann blieb ich plötzlich gebannt stehen: Ein Paar im Widerschein des einfallenden Tageslichtes leuchtende Augen beobachtete mich aus dem Dunkel.

Die Angst vor wilden Tieren kam mir zurück. Ich ballte die Fäuste und blickte fest in die leuchtenden Augäpfel. Ich fürch- tete mich, ihnen den Rücken zuzuwenden. Dann dachte ich daran, in welcher absoluten Sicherheit die Menschen hier zu leben schienen. Aber erinnerte mich auch an ihre seltsame Angst vor dem Dunkel.

Ich überwand meine Furcht bis zu einem gewissen Grad, trat einen Schritt vor und sagte etwas. Ich will zugeben, meine Stimme war belegt und wacklig. Ich streckte die Hand aus und berührte etwas Weiches. Sofort wichen die Augen zur Seite aus, und etwas Weißes lief an mir vorüber. Das Herz schlug mir bis zum Halse und ich sah eine wunderliche kleine affenartige Gestalt, den Kopf auf eigenartige Weise gesenkt, über die sonnenbeschienene Fläche hinter mir huschen. Sie rannte gegen einen Granitblock, taumelte zur Seite und war im nächsten Moment im schwarzen Schatten unter einem anderen Haufen von Mauertrümmern verschwunden.

Mein Eindruck ist natürlich flüchtig. Ich weiß, die Gestalt war stumpf weiß und hatte seltsam große graurote Augen; auch hatte sie flachsiges Haar auf dem Kopf, bis über den Rücken hinunter. Aber, wie gesagt, um mehr zu erkennen, dazu bewegte sich das Ding zu schnell. Ich kann nicht einmal sagen, ob es auf allen Vieren lief oder die Vorderarme nur sehr niedrig hielt. Nach einem Augenblick des Zögerns folgte ich ihm unter den zweiten Trümmerhaufen. Es war nicht mehr aufzuspüren; erst nach einer Weile in der tiefen Finsternis traf ich auf eine jener runden, brunnenartigen Öffnungen, von denen ich erzählt habe; sie war halb verdeckt von einer umgestürzten Säule. Mir kam ein plötzlicher Gedanke.

Konnte dieses Wesen in dem Schacht verschwunden sein? Ich zündete ein Streichholz an, und, hinunter leuchtend, sah ich ein kleines agiles Geschöpf, das mich mit großen, glänzenden Augen fixierte. Mir schauderte. Es sah aus wie eine menschliche Spinne! Es kletterte die Wand hinunter, und nun sah ich zum ersten Mal die metallenen Fuß- und Handtritte, die eine Art Leiter in den Schacht hinab bildeten. Dann versengte mir die Flamme die Finger, und ich ließ das Streichholz fallen; es verlosch im Fallen, und ehe ich ein zweites angezündet hatte, war die kleine Bestie verschwunden.

Ich weiß nicht, wie lange ich dort saß und in den Brunnen
hinab starrte. Lange Zeit weigerte ich mich zu glauben, dass
das, was ich gesehen hatte, menschlich war. Aber allmählich
dämmerte mir die Wahrheit: Der Mensch hatte sich nicht in
einer einzigen Spezies erhalten, sondern hatte sich in zwei
Gattungen differenziert. Meine anmutigen Kinder der Ober-
welt waren nicht die einzigen Nachkommen unserer Generation, sondern auch dieses bleiche, ekelhafte, nächtliche Wesen,
das vor mir aufgeblitzt war, war ein Erbe der Zeiten.

Ich dachte an die flimmernden Türme und an meine Theorie
von einer unterirdischen Ventilation, und begann ihre wahre
Bedeutung zu ahnen. Was, fragte ich mich, spielte dieser
Lemure in meinem Konzept einer vollkommen ausgeglichenen
Organisation für eine Rolle? In welchem Verhältnis stand er
zur trägen Gelassenheit der schönen Oberweltler? Und was
verbarg sich dort unten am Fuß des Schachtes? Ich setzte mich
auf den Brunnenrand und sagte mir, auf jeden Fall gebe es
nichts zu befürchten, und zur Lösung des Rätsels müsse ich
dort hinuntersteigen. Und trotzdem schauderte es mich,
hineinzugehen! Als ich so zögerte, kamen zwei von den
schönen Oberweltlern in ihrem Liebesspiel durchs Tageslicht
in den Schatten gelaufen. Der Mann verfolgte die Frau,
Blumen nach ihr werfend.

Sie schienen betrübt, mich dort zu finden, den Arm auf den
gestürzten Pfeiler gestützt und in den Brunnen hinunter
spähend. Offenbar galt es als ungehörig, diese Öffnungen auch
nur zu beachten; denn als ich auf diese zeigte und in ihrer
Sprache eine Frage zu formulieren versuchte, waren sie noch
sichtlich bekümmerter und wandten sich ab. Aber meine
Zündhölzer faszinierten sie, und ich zündete ein paar an, um
ihnen Spaß zu machen. Ich fragte sie noch einmal wegen des
Brunnens – wieder ohne Erfolg. Also verließ ich sie und wollte
zu Weena gehen, um zu sehen, was ich aus ihr herausbringen

könnte. Aber mein Geist war schon in Aufruhr: Meine Eindrücke und Spekulationen puzzelten sich zu einem neuen Bild zusammen. Jetzt hatte ich einen Schlüssel zur Bedeutung dieser Brunnen, zu den Ventilationstürmen, zum Geheimnis der ›Geister‹. Vom Sinn der Bronzetüren und dem Verbleib der Zeitmaschine ganz zu schweigen! Und sehr unbestimmt sah ich einen Weg zur Lösung des ökonomischen Rätsels, das mir zu schaffen gemacht hatte.

Dies war die neue Erkenntnis: Offenbar war diese zweite Gattung Mensch unterirdisch. Drei Umstände insbesondere ließen mich annehmen, dass dem sporadischen Auftauchen über der Erde ein langer Aufenthalt unter der Oberfläche vorangegangen sein musste: Zunächst sehen die meisten Tiere so bleich aus, wenn sie lange im Dunkeln leben – der weiße Fisch in den Kentucky-Höhlen etwa. Dann diese großen Augen, die das Licht stark reflektieren – viele nächtliche Wesen haben sie, etwa Eule und Katze. Und schließlich jene offensichtliche Verwirrung im Sonnenschein, jenes hastige, ungeschickte und linkische Stolpern zum dunklen Schatten, sowie die besondere Haltung des Kopfes im Licht – alles verstärkte die Theorie einer starken Lichtempfindlichkeit der Retina.

Unter meinen Füßen musste also die Erde gewaltig untertunnelt sein, und in diesen Tunneln wohnte die andere Rasse. Das Vorhandensein der Ventilationsschächte und Brunnen über die Hügelhänge hinweg – überall, außer im Flusstal – zeigte, wie weit die Höhlenverzweigungen reichten. Was also war näherliegend als die Annahme, dass alles, was für den Komfort der Tageslicht-Rasse nötig war, in dieser künstlichen Unterwelt erzeugt wurde? Der Gedanke war so plausibel, dass ich ihn sofort akzeptierte und zur Überlegung weiterging, wie sich die Spaltung der menschlichen Gattung wohl vollzogen hatte. Ich glaube, Sie werden den Umriss meiner Theorie erahnen, obgleich ich selber sehr bald spürte, dass sie die Wahrheit wiederum verfehlte.

Da ich von den Verhältnissen unserer Zeit ausging, so schien es mir sogleich sonnenklar, dass die allmähliche Vertiefung der gegenwärtigen, scheinbar nur zeitweiligen sozialen Unterschiede zwischen Kapitalist und Arbeiter der Schlüssel zu der ganzen Lage war. Ohne Zweifel wird es Ihnen grotesk erscheinen – und extrem unglaublich! – und doch existieren schon heute Verhältnisse, die in diese Richtung weisen: Man neigt dazu, den unterirdischen Raum für die weniger dekorativen Zwecke der Zivilisation nutzbar zu machen; wir haben zum Beispiel die Metropolitan Railway in London, neue unterirdische Trassen und Unterführungen, unterirdische Fabriken und Kantinen, und sie wachsen und mehren sich. Offensichtlich, dachte ich, hatte sich diese Tendenz fortgesetzt, bis die Industrie allmählich ihr Lebensrecht unter dem freien Himmel verloren hatte. Ich meine, sie hätte sich immer tiefer und tiefer zu immer größeren und größeren Fabriken ausgebreitet, und die Arbeiter hatten einen immer wachsenden Anteil ihrer Zeit da unten verbracht, bis schließlich – ! Lebt nicht heute schon ein Arbeiter im Eastend unter so künstlichen Bedingungen, dass er praktisch von der natürlichen Erdoberfläche abgeschnitten ist?

Und andererseits führt die exklusive Tendenz reicherer Leute – ohne Zweifel als Folge der wachsenden Verfeinerung ihrer Bildung und der Vertiefung des Abgrundes zwischen ihnen und der rohen Gewalt der Armen – schon jetzt dazu, dass sie in ihrem Interesse beträchtliche Teile der Erdoberfläche einzäunen. In der Umgebung von London ist beispielsweise die Hälfte des hübscheren Landes gegen Eindringlinge abgeschottet. Und eben diese tiefer werdende Kluft – auf Seiten der Reichen die Folge der Verfeinerung und Kosten der Ausbildung, und der zunehmenden Tendenz zu exklusivem und angenehmem Leben – wird den Austausch zwischen den Gesellschaftsschichten, etwa durch Zwischenheiraten, die jetzt noch die Spaltung unserer Gattung in Kasten sozialer Schichtung bremsen, immer weniger häufig machen. So wird man schließlich auf der Erdoberfläche die Besitzenden haben, die nach Genuss, Behagen und Schönheit streben, und unter der Erde die Habenichtse; denn die Arbeiter werden sich fortwährend den Bedingungen der Arbeit anpassen müssen. Einmal dort unten angelangt, mussten sie für die Ventilation sicher Mieten zahlen – und keine kleinen. Und weigerten sie sich, so ließ man sie für ihre Mietrückstände verhungern oder ersticken. Wer von ihnen so veranlagt war, dass er unfügsam und aufständisch wurde, musste sterben; und wenn schließlich das Gleichgewicht dauerhaft hergestellt war, mussten die Überlebenden sich den Bedingungen der unterirdischen Arbeit genauso anpassen und auf ihre Art ebenso zufrieden werden, wie die Oberweltmenschen auf die ihre. Mir schienen sowohl die verfeinerte Schönheit, als auch die verkümmerte Blässe Folgen dieser Entwicklung zu sein.

Der große Triumph der Menschheit, von dem ich geträumt hatte, stellte sich meinem Geist plötzlich völlig anders dar. Es war kein Triumph moralischer Weiterentwicklung und allgemeiner Kooperation gewesen, wie ich gedacht hatte. Stattdessen sah ich eine tatsächliche Aristokratie, die, ausgestattet mit einer perfektionierten Wissenschaft, das Industriesystem von heute zu seiner logischen Konsequenz geführt hatte. Ihr Triumph war nicht nur ein Triumph über die Natur gewesen, sondern auch ein Triumph über die Natur der Mitmenschen. Das, lassen Sie mich einwerfen, war damals meine Theorie. Ich hatte ja keinen praktischen Fremdenführer, wie sie gern in utopischen Romanen auftauchen.

Meine Schlussfolgerungen waren vielleicht immer noch absolut verkehrt, ich hielt sie aber für die plausibelsten. Aber selbst unter diesen Prämissen musste die ausbalancierte Zivilisation, die schließlich erreicht worden war, ihren Zenit längst überschritten haben und nun stark verfallen sein. Die allzu vollständige Sicherheit der Oberweltler hatte sie langsam zu Dekadenz und Verfall geführt, zu einem allgemeinen Sinken der Körpergröße, der Kraft und Intelligenz. Das konnte ich schon klar genug sehen. Was genau mit den Unterweltlern geschehen war, ahnte ich noch nicht; aber danach zu urteilen, was ich von den Morlocks bisher gesehen hatte — das war, nebenbei, der Name, mit dem man diese Geschöpfe benannte — konnte ich mir vorstellen, dass die Veränderung des menschlichen Typus bei ihnen noch viel tiefer griff als bei den »Eloi«, der schönen Rasse, die ich bereits kennengelernt hatte.

Dann kamen mir beunruhigende Zweifel: Warum hatten die Morlocks meine Zeitmaschine genommen? Denn ich war überzeugt, dass sie es waren. Und warum, wenn die Eloi die Herren waren, konnten sie mir die Maschine nicht wiederbeschaffen? Und warum hatten sie so furchtbare Angst vor dem Dunkel? Ich ging, wie gesagt, und befragte Weena über diese Unterwelt, aber wieder wurde ich enttäuscht. Erst verstand sie meine Fragen nicht, und dann weigerte sie sich, mir zu antworten. Ihr schauderte, als sei das Thema unerträglich. Und als ich sie drängte — vielleicht ein wenig rau — brach sie in Tränen aus. Das waren außer meinen eigenen die einzigen Tränen, die ich in jener Goldenen Zeit zu sehen bekam. Als ich das sah, hörte ich sofort auf, sie mit den Morlocks zu quälen, und mühte mich nur, diese Zeichen menschlichen Erbes aus Weenas Augen zu vertreiben. Und sehr bald lächelte sie wieder und klatschte in die Hände, als ich feierlich ein Streichholz anzündete.

Kapitel 8 – Die Morlocks

Es mag Ihnen merkwürdig erscheinen, aber es dauerte zwei Tage, ehe ich den neuen Indizien auf dem nun vermeintlich richtigen Weg nachgehen konnte. Ich empfand einen eigenartigen Widerwillen gegen diese bleichen Wesen. Sie hatten genau die blasse Farbe der Würmer und Kriechtiere, die man in zoologischen Museen in Spiritus aufbewahrt. Und wenn man sie berührte, fühlten sie sich schlüpfrig kühl an. Vermutlich rührte mein Widerwille zum großen Teil vom Einfluss der sympathischen Eloi her, deren Ekel vor den Morlocks sich nun auf mich übertrug.

Die nächste Nacht schlief ich nicht gut. Vermutlich war meine Gesundheit angeschlagen. Mich bedrückten auch Zweifel und Verwirrung. Ein- oder zweimal hatte ich eine Empfindung intensiver Furcht, für die ich keinen bestimmten Grund finden konnte. Ich entsinne mich, dass ich leise in die große Halle schlich, wo die kleinen Menschen im Mondlicht schliefen – diese Nacht war auch Weena unter ihnen – und dass ich mich in ihrer Gegenwart beruhigte. Mir fiel ein, dass in wenigen Tagen der Mond durch sein letztes Viertel wandern und die Nächte dunkler würden, und vielleicht kämen dann die Erscheinungen dieser weißen Lemuren, dieses neuen Gewürms, das das alte abgelöst hatte, häufiger heraus. An diesen beiden Tagen hatte ich das nervöse Gefühl eines Menschen, der sich um eine unvermeidliche Pflicht herumdrückt. Ich war sicher, dass ich die Zeitmaschine nur wiedererlangen konnte, wenn ich kühn in diese unterirdischen Geheimnisse hinabstieg. Und doch mochte ich dem Geheimnis nicht ins Gesicht sehen. Hätte ich nur einen Gefährten gehabt, dann wäre es anders gewesen. Aber ich war so furchtbar allein, und ganz auf mich selbst gestellt in das Dunkel des Brunnens hinabzusteigen, schauderte mich. Ich weiß nicht, ob Sie meine

Empfindung verstehen können, aber ich fühlte mich nie dessen sicher, was hinter meinem Rücken vorgeht.

Vielleicht war es diese Rastlosigkeit, diese Nervosität, die mich auf meinen Forschungsausflügen immer weiter ins Land trieb. Als ich südwestlich auf das ansteigende Land zuging, das heute Combe Wood heißt, in der Richtung auf das Banstead des neunzehnten Jahrhunderts, bemerkte ich sehr fern einen gewaltigen grünen Bau von anderem Charakter als alles, was ich bisher gesehen hatte. Er war größer als der größte der Paläste und Trümmerhaufen, die ich kannte, und die Fassade wirkte orientalisch: Die Oberfläche hatte den Glanz wie auch die blassgrüne Färbung – eine Art bläuliches Grün – einer gewissen Art Porzellan. Dieser Unterschied im Aussehen deutete auf einen Unterschied im Gebrauch hin, und ich hatte Lust, weiterzugehen und das Gebäude zu erforschen. Aber der Tag neigte sich, und ich hatte den Palast erst nach einer langen und ermüdenden Wanderung zu sehen bekommen; also beschloss ich, das Abenteuer auf den nächsten Tag zu verschieben, und ich kehrte zu den Begrüßungs-Umarmungen und Liebkosungen der kleinen Weena zurück. Aber am nächsten Morgen sah ich klar genug, dass meine Neugier bezüglich des grünen Porzellanpalastes nur eine Ablenkung war, um ein Ereignis, vor dem mir graute, noch um einen Tag zu verschieben. Ich beschloss, ohne weitere Zeitverschwendung hinabzusteigen, und brach am frühen Morgen zu einem Brunnen in der Nähe der Granit- und Aluminiumruinen auf.

Die zarte Weena lief mit mir. Sie tanzte an meiner Seite, bis wir am Brunnen anlangten, aber als sie sah, dass ich mich über die Öffnung beugte und hinabsah, war sie fassungslos. »Adieu, kleine Weena«, sagte ich und küsste sie; und dann stellte ich sie auf die Beine zurück und begann über die Brustwehr nach den Klettersteigen zu tasten. Ein wenig hastig, gebe ich zu, denn ich fürchtete, der Mut könnte mich verlassen. Zuerst sah sie mir entsetzt zu. Dann stieß sie einen jammervollen Schrei aus, rannte zu mir und begann mich mit ihren kleinen Händen festzuhalten. Gerade dieser Widerstand gab mir die Kraft weiterzumachen. Ich schüttelte sie ab, vielleicht ein wenig grob, aber im nächsten Moment war ich im Schlund des Brunnens und sah ihr verzweifeltes Gesicht über der Brüstung; und ich lächelte ihr zu, um sie zu beruhigen. Dann musste ich mich auf die wackeligen Griffe konzentrieren und mich festhalten.

Ich musste einen Schacht von vielleicht zweihundert Metern hinabklettern. Der Abstieg geschah mittels der Griffe, die in der Brunnenwand staken, und da sie für die Bedürfnisse viel kleinerer und leichterer Geschöpfe konstruiert waren, ermüdete und verkrampfte mich das Klettern bald sehr. Einer der Griffe löste sich plötzlich unter meiner Last und fast wäre ich in die Tiefe gestürzt. Einen Moment lang hing ich nur an einer Hand, und danach wagte ich nicht mehr, innezuhalten. Bald schmerzten Rücken und Arme, und ich beschleunigte meinen Abstieg. Als ich nach oben sah, war die Öffnung wie eine kleine blaue Wolkenlücke, in der ein Stern sich zeigt, während der Kopf der kleinen Weena als ein kleiner runder Vorsprung sichtbar war. Das ratternde Geräusch einer Maschine weiter unten wurde lauter und mächtiger. Alles außer jener erwähnten Lücke dort oben war stockdunkel, und als ich wieder nach oben blickte, war Weena fort.

Ich war in einer Qual des Unbehagens und dachte zögernd daran, den Schacht wieder hinaufzuklettern und die Unterwelt in Ruhe zu lassen. Aber während ich mir das überlegte, stieg ich weiter abwärts. Schließlich sah ich mit enormer Erleichterung undeutlich einen Fuß rechts von mir ein dünnes Schlupfloch in der Wand. Ich schwang mich hinein und erkannte es als Öffnung eines schmalen Horizontaltunnels, in den ich mich legen und ausruhen konnte. Es war in letzter Sekunde. Die Arme schmerzten, der Rücken war steif, und ich zitterte von der pausenlosen Angst vor einem Absturz. Und die ununterbrochene Dunkelheit hatte eine schlimme Wirkung auf meine Augen. Die Luft war vom Schwirren und Stoßen der Maschinerie erfüllt, die Luft in den Schacht hinunter pumpte.

Ich weiß nicht, wie lange ich so liegen blieb. Eine weiche Hand, die mein Gesicht berührte, ließ mich hochschrecken. Ich fuhr im Dunkel hoch, griff nach meinen Streichhölzern, entzündete eins und sah drei gebückte weiße Wesen, ähnlich dem, das ich über der Erde in der Ruine gesehen hatte, eilig vor dem Lichte fliehen. Da sie hier unten in einem mir undurchdringlichen Dunkel lebten, waren ihre Augen genau wie die Pupillen von Tiefseefischen abnorm groß und empfindlich, und sie reflektierten auch das Licht ebenso. Ich zweifle nicht, dass sie mich in jener strahlenlosen Finsternis hatten sehen können, und sie schienen sich, abgesehen von dem Licht, durchaus nicht vor mir zu fürchten. Aber sobald ich ein Zündholz anzündete, um sie zu sehen, flohen sie sofort, und verschwanden in dunkle Seitenkanäle und Tunnel, aus denen mich ihre Augen auf unheimlichste Art anstarrten.

Ich versuchte sie anzusprechen, aber ihre Sprache war offenbar anders als die der Oberweltmenschen; so blieb ich also meinen eigenen hilflosen Bemühungen überlassen, und noch jetzt dachte ich mehr an Flucht denn an Erforschung. Aber ich sagte mir: ›Jetzt bin ich nun mal drin‹, und als ich mich den Tunnel entlang tastete, merkte ich, dass der Maschinenlärm lauter wurde. Alsbald wichen die Wände zurück, und ich kam auf einen weiten, offenen Platz, und als ich ein weiteres Zündholz anstrich, erkannte ich, dass ich in eine weite, überwölbte Höhle getreten war, die sich hinter dem Bereich meines Lichts wieder ins tiefste Dunkel versenkte. Was ich von ihr sah, war so viel, wie man bei einem brennendem Streichholz erkennen kann.

Meine Erinnerung ist unbestimmt. Große Formen – wie riesige Maschinen – erhoben sich aus dem Dunkel und warfen groteske schwarze Schatten, in die gespenstische Morlocks vor dem Lichtschein flohen. Es war dort unten, nebenbei, sehr heiß und drückend, und ein matter Geruch von frisch vergossenem Blut stand in der Luft. Eine Strecke weiter hinten in der Zentralhalle stand ein kleiner Tisch aus weißem Metall, der scheinbar mit einer Speise bedeckt war. Die Morlocks waren auf jeden Fall Fleischesser! Ich entsinne mich, dass ich mich gleich fragte, welches große Tier überlebt haben mochte, um diese rote Keule zu liefern, die da lag. Alles war sehr undeutlich: Der schwere Geruch, die großen, unklaren Formen, die ekelhaften Gestalten, die im Schatten lauerten und nur auf das Dunkel warteten, um wieder heranzukommen! Dann brannte das Streichholz ab, versengte mir die Finger und fiel, als sich ringelnder roter Fleck, in der Schwärze.

Nachträglich kommt mir in den Sinn, wie besonders schlecht ich für ein solches Unternehmen ausgerüstet war. Als ich mich mit der Zeitmaschine auf die Reise gemacht hatte, geschah das in der absurden Annahme, die Menschen der Zukunft würden uns in jeder Hinsicht unendlich weit voraus sein. Ich war ohne Waffen, ohne Medizin, ohne irgendetwas zu rauchen – gelegentlich entbehrte ich den Tabak furchtbar –, selbst ohne genügend Streichhölzer gekommen. Wenn ich nur an eine kleine Kodak-Kamera gedacht hätte! Ich hätte den Blick in die Unterwelt im Bruchteil einer Sekunde aufnehmen und später in Muße untersuchen können. Aber so stand ich nur mit den Waffen und Kräften da, die mir die Natur mitgegeben hatte – mit Händen, Füßen und Zähnen; das, und vier Sicherheitszündhölzer blieben mir noch.

Ich fürchtete mich, zwischen all diesen Maschinen ins Dunkel vorzudringen, und erst mit dem letzten Lichtschein bemerkte ich, dass mein Vorrat an Streichhölzern bald erschöpft war. Es war mir bis zu diesem Moment nie in den Sinn gekommen, dass ich mit ihnen sparen sollte, und ich hatte fast die halbe Schachtel damit verschwendet, die Oberweltler, denen Feuer etwas Neues war, in Staunen zu versetzen. Jetzt hatte ich, wie gesagt, noch vier, und sobald ich im Dunkeln stand, berührte eine Hand die meine, tasteten dünne Finger über mein Gesicht, und ich empfand einen eigentümlichen unangenehmen Geruch. Ich meinte, ich hörte das Atmen einer Herde dieser furchtbaren kleinen Wesen rings um mich. Ich spürte, wie man mir die Streichholzschachtel sanft aus der Hand winden wollte, und andere Hände zogen mich von hinten an den Kleidern.

Das Gefühl, dass diese unsichtbaren Geschöpfe mich untersuchten, war mir unbeschreiblich zuwider. Mir wurde im Dunkel lebhaft klar, dass ich gar nichts von ihrer Art zu denken und zu handeln wusste. Ich schrie sie an, so laut ich konnte. Sie fuhren auseinander, und dann konnte ich fühlen, wie sie sich mir wieder näherten. Sie packten mich kühner und flüsterten sich dabei sonderbare Laute zu. Mir schauderte heftig, und ich brüllte noch einmal – ziemlich misstönend. Diesmal waren sie nicht so ernstlich erschreckt und stießen wunderliche, lachende Laute aus, sich wieder annähernd. Ich will gestehen, ich hatte schreckliche Angst. Ich beschloss, noch ein Streichholz anzuzünden und unter dem Schutz seines Scheins zu flüchten. Ich tat es, und, das Flackern mit einem Stück Papier aus meiner Tasche verlängernd, zog ich mich in einen engen Tunnel zurück. Aber kaum hatte ich ihn betreten, verlosch mein Licht, und in der Finsternis hörte ich die Morlocks wie Wind unter Blättern rascheln und wie Regen klatschen, als sie mir hinterher kamen.

Im Nu war ich von vielen Händen gepackt, und kein Zweifel: Sie versuchten, mich herauszuziehen. Ich entzündete ein neues Streichholz und schwenkte es vor ihren geblendeten

Gesichtern. Sie können sich kaum vorstellen, wie ekelhaft unmenschlich sie aussahen – diese blassen, kinnlosen Gesichter, diese großen lidlosen, rötlich-grauen Augen! – in Blindheit und Verwirrung starrend. Aber ich hielt mich nicht damit auf, sie zu betrachten, sage ich Ihnen: Ich wich weiter zurück, und als mein zweites Streichholz verloschen war, strich ich das dritte an. Es war fast abgebrannt, als ich die Öffnung zum Schacht erreichte. Ich setzte mich am Rande nieder, denn der Stoß der großen Pumpe unten machte mich schwindelig. Dann tastete ich aufwärts nach den Griffen, und in diesem Moment wurden meine Füße von hinten gepackt und ich wurde heftig zurück gerissen. Ich entzündete mein letztes Streichholz ... und es ging sofort aus. Doch ich hatte jetzt die Hand an den Kletterstäben, und indem ich gewaltsam austrat, löste ich mich aus den Griffen der Morlocks und kletterte rasch den Schacht hinauf, während sie zu mir aufspähten und blinzelten. Nur ein einzelnes kleines Geschöpf folgte mir eine Strecke weit und erbeutete fast meinen Stiefel als Trophäe.

Der Wiederaufstieg erschien mir endlos. Auf den letzten zwanzig oder dreißig Fuß überkam mich tödliche Übelkeit. Ich hatte die größten Schwierigkeiten, nicht den Halt zu verlieren. Die letzten paar Meter waren ein furchtbarer Kampf gegen die Schwäche. Mehrere Male verschwamm mir alles im Kopf und ich hatte ein Gefühl des Fallens. Schließlich aber überwand ich den Brunnenrand und stolperte aus der Ruine in den blendenden Sonnenschein. Ich fiel aufs Gesicht. Selbst der Boden roch frisch und sauber. Ich erinnere mich noch, wie Weena mir Hände und Ohren küsste und ich die Stimme anderer Eloi hörte. Dann war ich eine Zeitlang bewusstlos.

Kapitel 9 – Das Grauen
kommt in der Nacht

NUN ABER war ich eigentlich schlimmer dran als vorher. Bisher hatte ich wenigstens, abgesehen von den Albträumen über den Verlust der Zeitmaschine, letztendlich doch eine Hoffnung auf Entkommen gehabt, aber diese Hoffnung war durch die neuen Entdeckungen erschüttert! Bisher war ich nur durch die kindliche Einfalt der kleinen Leute und durch einige unbekannte Kräfte, die ich erst durchschauen musste, um sie zu überwinden, aufgehalten gewesen; aber in der ekelhaften Art der Morlocks lag ein ganz neues Element – ein unmenschliches und boshaftes Etwas. Instinktiv verabscheute ich sie. Zuvor war es mir etwa so ergangen, wie einem Mann, der in eine Grube gestürzt ist: Meine Sorge galt der Grube, und wie ich herauskommen könnte. Jetzt fühlte ich mich wie ein Tier in einer Falle, über das bald sein Feind kommen müsste.

Der Feind, den ich fürchtete, wird Sie vielleicht überraschen: Es war die Schwärze des Neumonds. Das hatte mir Weena durch ein paar zunächst undeutbare Bemerkungen über die *Dunklen Nächte* in den Kopf gesetzt. Es war jetzt kein so schwieriges Problem mehr, zu erraten, was die kommenden *Dunklen Nächte* bringen würden. Der Mond war im Abnehmen. Jede Nacht intensivierte sich die Dunkelheit. Und jetzt verstand ich wenigstens bis zu einem gewissen Grad die Furcht der kleinen Oberweltler vor dem Dunkel. Ich fragte mich unbestimmt, welche gemeine Schurkerei die Morlocks unter dem mondlosen Himmel tun würden. Ich war nun ziemlich überzeugt, dass meine zweite Hypothese auch ganz falsch war. Die Oberweltler mochten einmal die begünstigte Aristokratie gewesen sein und die Morlocks ihre abgerichteten Diener, aber das war längst passé. Die beiden Arten, die sich aus der Entwicklung des Menschen ergeben hatten, drifteten in ein ganz neues gegenseitiges Verhältnis, oder hatten es schon erreicht. Wie die karolingischen Könige waren die Eloi zu einer bloßen schönen Nichtigkeit verkommen. Sie besaßen die Erde nur noch von Gnaden der Morlocks; diese waren seit unzähligen Generationen unterirdisch gewesen und fanden jetzt die tag-erhellte Oberfläche unerträglich.

Und die Morlocks, folgerte ich, fertigten den Eloi ihre Gewänder an und stillten ihre gewohnten Bedürfnisse – vielleicht aus einer alten Gewohnheit des Dienens heraus? Wie ein Pferd im Stehen mit den Hufen scharrt, oder wie der Mensch Lust daran findet, Tiere zu töten, weil alte und nicht mehr vorhandene Notwendigkeiten es dem Organismus so eingeprägt hatten? Aber offenbar war die alte Ordnung schon zum Teil verdreht. Die Nemesis der Gerechtigkeit rauschte heran. Vor Jahrhunderten, vor Tausenden von Generationen hatte der Mensch seinen Brudermenschen aus dem Behagen und dem Sonnenschein vertrieben. Und nun kam dieser Bruder zurück – verwandelt! Die Eloi hatten eine alte Lehre wieder lernen müssen: Sie wurden wieder mit der Angst bekannt. – Und plötzlich kam mir die Erinnerung an das Stück Fleisch in den Kopf, das ich in der Unterwelt gesehen hatte. Es war merkwürdig, wie mir das nun in den Geist sickerte, nicht durch den Strom meiner Gedanken geweckt, sondern fast wie eine Eingebung von außen. Ich versuchte, mich auf die Form zu besinnen. Ich hatte das unbestimmte Gefühl von etwas Bekanntem, aber ich konnte mir noch nicht vorstellen, was es war.

Aber so gelähmt die kleinen Leute angesichts ihrer Furcht auch waren, ich war anders konstituiert. Ich kam aus dieser unserer Zeit, dem Zenit des Menschengeschlechts, wo Furcht nicht paralysiert und Mysterien ihre Schrecken verloren haben. Ich zumindest würde mich selbst verteidigen. Unverzüglich beschloss ich, Waffen zu fertigen und einen Schutzraum zu suchen, worin ich schlafen konnte. Mit dieser Basis konnte ich dieser unheimlichen Welt wieder mit mehr Zuversicht entgegentreten – Zuversicht, die ich verloren hatte, seit ich wusste, welchen Geschöpfen ich Nacht für Nacht ausgeliefert war. Ich spürte, ich würde nie wieder schlafen können, ehe mein Nachtlager nicht vor ihnen geschützt war. Es schauderte mich, wenn ich daran dachte, wie sie mich schon untersucht haben mussten.

Während des Nachmittags wanderte ich das Themse-Tal entlang, fand aber nichts, was sich als Schutzraum anbot. Alle Gebäude und Bäume schienen geschickten Kletterern, wie es die Morlocks nach ihren Brunnen zu urteilen sein mussten, leicht zugänglich. Dann fielen mir die hohen Zinnen des grünen Porzellanpalastes und der Spiegelglanz seiner Mauern wieder ein, und abends nahm ich Weena wie ein Kind auf die Schultern und wanderte den Hügel Richtung Südwesten hinauf. Die Entfernung, hatte ich kalkuliert, musste sieben oder acht Meilen betragen, aber es müssen schließlich eher achtzehn gewesen sein. Erstmals hatte ich den Palast an einem nebligen Nachmittag erblickt, als die Entfernungen täuschend verringert waren. Obendrein war der Absatz eines meiner Schuhe lose, und ein Nagel arbeitete sich hindurch – es waren bequeme alte Schuhe, die ich sonst nur im Hause zu tragen pflegte –, sodass ich lahm wurde. So war es schon spät nach Sonnenuntergang, als der Palast, schwarz gegen das blasse Gelb des Himmels abgehoben, in Sicht kam.

Weena war erst entzückt gewesen, als ich sie zu tragen begann, aber nach einer Weile wollte sie herunter und dann ging sie an meiner Seite, nur gelegentlich einen Abstecher nach links oder rechts machend, um Blumen zu pflücken, die sie mir in die Taschen steckte. Meine Taschen hatten Weena immer zu denken gegeben, aber schließlich war sie zum Schluss gekommen, sie seien eine Art exzentrische Vasen für Blumenschmuck. Zumindest benutzte sie sie zu diesem Zweck. Und da fällt mir ein: Als ich meine Jacke wechselte, fand ich ...«

Der Zeitreisende hielt inne, steckte eine Hand in die Tasche und legte schweigend zwei welke Blumen, großen weißen Malven nicht unähnlich, auf den kleinen Tisch. Dann setzte er seine Erzählung fort:

»Als die Abendstille über die Welt kroch und wir über die Hügelkuppe Richtung Wimbledon stiegen, wurde Weena müde und wollte zum Haus aus grauem Stein zurückkehren. Aber ich zeigte auf die fernen Zinnen des grünen Porzellanpalastes und erklärte ihr, dass wir dort Zuflucht vor ihrer Furcht finden würden.

Sie kennen die merkwürdige Stille, die sich vor Dunkelheit über die Dinge legt? Selbst die Brise in den Bäumen ruht. Für mich liegt in dieser Abendstille immer eine Erwartung. Der Himmel war klar, fern und, abgesehen von ein paar horizontalen Streifen weit drüben im Westen, leer. Nun, an diesem Abend färbten meine Befürchtungen diese Erwartung des Kommenden ein. In der dahindämmernden Ruhe schienen meine Sinne übernatürlich geschärft. Ich meinte zu spüren, dass der Boden unter meinen Füßen hohl war; konnte sogar da hindurch die Morlocks sehen, wie sie auf ihrem Ameisenhaufen hin und her strebten und auf die Dunkelheit warteten. In meiner Aufregung bildete ich mir ein, sie hätten mein Eindringen in ihren Bau als Kriegserklärung aufgefasst. Und warum hatten sie die Zeitmaschine weggenommen?

So gingen wir in der Stille weiter, und das Zwielicht vertiefte sich zur Nacht. Das klare Blau der Ferne schwand, und ein Stern nach dem andern kam heraus. Der Boden wurde undeutlich, die Bäume schwarz. Weenas Ängste und ihre Ermattung überwältigten sie. Ich nahm sie in die Arme, sprach mit ihr und liebkoste sie. Als dann die Dunkelheit tiefer wurde, schlang sie ihre Arme um meinen Hals, schloss die Augen und schmiegte ihr Gesicht eng an meinen Hals. So gingen wir einen langen Abhang in ein Tal hinunter, und dort stolperte ich im Dunkel fast in einen kleinen Fluss. Ich durchwatete ihn und ging die andere Seite des Tals hinauf, vorbei an einer Reihe Schlafhäuser und einer Statue – einem kopflosen Faun oder etwas in der Art. Hier wuchsen auch Akazien. Bisher gab es keine Spur von den Morlocks, aber es war noch früh in der Nacht, und die dunkleren Stunden, ehe der schon fast unsichtbare Mond aufging, sollten noch kommen.

Auf dem Kamm des nächsten Hügels sah ich einen dichten schwarzen Wald ausgebreitet vor mir liegen und zögerte. Es war weder rechts noch links ein Ende abzusehen. Da ich mich erschöpft fühlte – besonders meine Füße schmerzten sehr – blieb ich stehen, setzte Weena behutsam ab und ließ mich im Gras nieder. Der grüne Porzellanpalast war nicht mehr in Sicht, und ich war über meine Richtung im Zweifel. Ich schaute in die Schwärze des Waldes und überlegte, was sie verbergen mochte. Unter diesem dichten Gewirr von Zweigen würde man nicht einmal die Sterne sehen. Selbst, wenn keine Gefahr vorhanden war – und ich hütete mich, diese Gefahr in meiner Phantasie Überhand nehmen zu lassen – so blieben doch all die Wurzeln, über die man stolpern konnte, und die Baumstämme, gegen die man laufen würde. Nach den Anstrengungen des Tages war ich erschöpft; und so beschloss ich, es nicht zu wagen hindurchzugehen, sondern die Nacht auf dem offenen Hügel zu verbringen.

Weena, das sah ich beruhigt, schlief fest. Ich hüllte sie sorgsam in meine Jacke und setzte mich neben sie, um den Mondaufgang abzuwarten. Die Hügelkuppe war ruhig und verlassen, aber aus der Schwärze des Waldes drang hin und wieder ein Laut des Lebendigen. Über mir leuchteten die

Sterne, denn die Nacht war sehr klar. In ihrem Blinken fühlte ich eine Art freundlichen Trostes. All die bekannten Sternbilder waren jedoch vom Firmament verschwunden: Jene langsame Bewegung, die durch hundert Generationen noch nicht zu merken ist, hatte sie längst zu neuen Gruppen geordnet. Aber die Milchstraße, schien mir, war noch derselbe zerrissene Streif von Sternenstaub wie ehedem. Südwärts (nach meiner Einschätzung) stand ein sehr heller roter Stern, den ich nicht kannte, noch glänzender als unser grüner Sirius. Und unter all diesen flimmernden Lichtpunkten leuchtete ein einziger heller Planet freundlich und fest, wie das Gesicht eines guten alten Freundes.

Als ich zu diesen Sternen aufblickte, verblassten plötzlich all meine Sorgen und alle Schwierigkeiten des irdischen Lebens. Ich dachte an ihre unermessliche Ferne und die langsame, unweigerliche Bahn ihrer Bewegungen, aus einer unbekannten Vergangenheit in eine unbekannte Zukunft. Ich dachte an den großen immerwährenden Zyklus, den der Erdpol beschreibt. Nur vierzigmal hatte diese stille Kreiselbewegung stattgefunden, während ich die Jahrhunderte durcheilte. Und während dieser wenigen Pendelphasen waren alle Tätigkeit, alle Tradition, die komplizierten Organisationen, die Nationen, Sprachen, Literaturen, Ambitionen, selbst die bloße Erinnerung an den Menschen, wie ich ihn kannte, aus dem Dasein getilgt. Stattdessen lebten diese gebrechlichen Geschöpfe, die ihre hohen Ahnen vergessen hatten, und diese weißen Wesen, denen ich voller Angst entkommen wollte. Dann dachte ich an das große Entsetzen, das zwischen den beiden Gattungen herrschte, und zum ersten Mal ging mir schaudernd die Erkenntnis auf, was das Fleisch, das ich gesehen hatte, gewesen sein mochte. Aber das war einfach zu grauenhaft! Ich blickte auf die kleine Weena, die neben mir schlief, das Gesicht weiß und sternengleich unter den Sternen – und verwarf den Gedanken.

Die lange Nacht hindurch hielt ich meinen Geist, so gut ich konnte, von den Morlocks fern, und vertrieb mir die Zeit, indem ich versuchte, Zeichen der alten Sternbilder im neuen Puzzle ausfindig zu machen. Der Himmel blieb, abgesehen von einer Nebelwolke, sehr klar. Sicher verfiel ich bisweilen in Halbschlaf. Dann erschien, während ich weiter wachte, eine Blässe am östlichen Himmel, wie der Widerschein eines farblosen Feuers, und der fast unsichtbare, noch nicht ganz Neumond, ging auf, dünn und weiß. Und kurz darauf kam die Dämmerung, holte ihn ein und überflutete ihn, fahl erst, dann rosig und warm. Keine Morlocks hatten sich uns genähert, – tatsächlich, ich hatte die ganze Nacht auf dem Hügel keine gesehen. Und in der Zuversicht des neuen Morgens schien es mir fast, meine Angst sei übertrieben gewesen. Ich stand auf und merkte, dass der Fuß mit dem losen Absatz um die Knöchel herum angeschwollen war und unter der Ferse schmerzte. So setzte ich mich wieder hin, zog die Schuhe aus und schmiss sie weg.

Ich weckte Weena, und wir gingen zum Wald hinunter, der jetzt grün und heiter aussah statt schwarz und gruselig. Zum Frühstück suchten wir Früchte. Bald trafen wir andere von den hübschen Menschen, die lachten und im Sonnenschein tanzten, als gäbe es in der Welt ein solches Ding wie die Nacht gar nicht. Und dann dachte ich noch einmal an das Fleisch, das ich gesehen hatte. Ich war jetzt überzeugt davon, was es war, und tief im Herzen bemitleidete ich dieses letzte schwache Rinnsal aus der großen Flut der Menschheit. Offenbar war irgendwann im frühen Einst des menschlichen Verfalls den Morlocks die Nahrung ausgegangen. Vielleicht hatten sie von Ratten und ähnlichem Gewürm gelebt. Schon jetzt ist der Mensch in seiner

Nahrung weit weniger wählerisch und exklusiv als er einmal war – weit weniger als der Affe. Sein Vorurteil gegen Menschenfleisch ist kein tiefverwurzelter Instinkt. Und so entstanden diese unmenschlichen Söhne der Menschheit – ! Ich versuchte die Sache aus wissenschaftlicher Sicht zu betrachten. Im Grunde waren sie weniger menschlich und weiter von uns entfernt, als unsere kannibalischen Ahnen vor drei- oder viertausend Jahren. Und die Intelligenz, die diese Lebensumstände zu einer Qual gemacht hätte, war fort. Warum sollte man sich da aufregen? Diese Eloi waren so wie gemästetes Zuchtvieh, das die ameisengleichen Morlocks hüteten und jagten – für dessen Aufzucht sie wahrscheinlich sorgten. Und da nun tanzte Weena an meiner Seite!

Ich versuchte das Grauen, das mich überfiel, abzutun, indem ich es als gerechte Strafe für menschliche Selbstsucht ansah. Der Mensch hatte sich damit begnügt, in Behagen und Lust von der Arbeit seines Mitmenschen zu leben, hatte den ›Zwang der Umstände‹ zu seiner Parole und seinem Vorwand gemacht, und als die Zeit reif war, kam der Zwang der Umstände wieder zu ihm zurück gekrochen. Ich versuchte sogar, diese elende dekadente Aristokratie im Stil eines Carlyle[4] zu verachten. Aber diese Geisteshaltung war mir unmöglich. Wie groß auch ihr geistiger Niedergang war, die Eloi hatten zu viel von der menschlichen Gestalt bewahrt, um nicht meine Sympathie zu wecken und mich ihre Erniedrigung und Angst nicht mitfühlen zu lassen.

Ich hatte zu jener Zeit nur vage Pläne darüber, wie ich vorgehen sollte. Das erste war, mir einen sicheren Zufluchtsort zu schaffen und mir aus Metall oder Stein so gute Waffen wie möglich anzufertigen. Dann hoffte ich, mir Mittel zum Feuermachen zu beschaffen, um eine Fackel als Abwehrmittel

---

[4] *Thomas Carlyle (1795–1881) war ein einflussreicher schottischer Historiker.*

zur Hand zu haben – denn nichts, wusste ich, wirkte besser gegen die Morlocks. Dann wollte ich etwas konstruieren, um die Bronzetüren unter der weißen Sphinx aufzubrechen. Eine Art Rammbock schwebte mir vor. Ich war überzeugt, wenn ich diese Türen aufstemmen und eine Fackel vor mir her tragen könnte, würde ich die Zeitmaschine finden und mit ihr entkommen. Ich konnte mir nicht vorstellen, dass die Morlocks stark genug waren, sie sehr weit wegzuschleppen. Weena, so hatte ich beschlossen, wollte ich in unsere Zeit mitnehmen. Und mit solchen Überlegungen setzte ich unseren Weg zu jenem Gebäude fort, das meine Phantasie zu unserem Wohnsitz erklärt hatte.

Kapitel 10 – Der grüne Porzellanpalast

Ich fand den grünen Porzellanpalast, als wir uns ihm gegen Mittag näherten, verlassen und in Trümmer zerfallen. Nur noch zersplitterte Glasreste hielten in den Fensterflächen, und von der grünen Fassade waren große Flächen abgeplatzt, sodass die Metallkonstruktion darunter sichtbar war. Er lag sehr hoch auf einer Grasfläche, und als ich vor dem Eintreten nach Nordosten schaute, sah ich da, wo meiner Meinung nach einstmals Wandsworth und Battersea gelegen haben mussten, eine große Flussmündung, oder sogar eine Bucht. Ich dachte daran – freilich ohne den Gedanken weiterzuverfolgen – was wohl mit den Lebewesen im Meer geschehen sein mochte, oder geschah.

Das Material des Palastes stellte sich bei näherer Prüfung tatsächlich als Porzellan heraus, und auf der Fassade bemerkte ich eine Inschrift in unbekannten Lettern. Törichterweise glaubte ich, Weena würde mir helfen können, sie zu entziffern; aber mir wurde klar, dass die bloße Vorstellung des Schreibens ihr noch nie in den Kopf gekommen war. Ich schien sie immer für menschenähnlicher zu halten, als sie wirklich war – vielleicht, weil ihre Liebe so menschlich war.

Hinter den großen Türflügeln fanden wir statt der üblichen Halle eine lange, durch viele Seitenfenster erhellte Galerie. Der erste Blick gab mir das Gefühl eines Museums. Der Ziegelboden war hoch mit Staub bedeckt, und eine ins Auge fallende Anordnung verschiedener Gegenstände war von der gleichen grauen Schicht bedeckt. Dann sah ich, unheimlich und hager, mitten in der Halle etwas stehen, was zweifellos der untere Teil eines riesigen Skeletts war. An den schrägstehenden Füßen erkannte ich, dass es ein ausgestorbenes Geschöpf in der Art eines Megatheriums sein musste. Der Schädel und die oberen Knochen lagen im dicken Staub daneben, und an einer Stelle, an der Regen durch ein Leck im Dach getröpfelt war, war das Ding zerfressen. Außerdem stand in der Galerie das riesige Skelett eines

Brontosaurus. Meine Museums-Hypothese bestätigte sich also. An den seitlichen Wänden schienen schräge Regale installiert zu sein. Ich beseitigte den dicken Staub und sah die altbekannten Glasvitrinen unserer Zeit. Nach der guten Erhaltung zu schließen mussten einige der Exponate noch luftdicht verschlossen sein.

Offenbar standen wir in den Ruinen einer Art South Kensington-Museum der Zukunft! Dieses hier war offenbar die paläontologische Abteilung, und es musste eine sehr hervorragende Sammlung von Fossilien gewesen sein; wenngleich der unvermeidliche Prozess des Verfalls, der eine zeitlang, gebremst durch das Aussterben von Bakterien und Pilzen, neunzig Prozent seiner Kraft verloren hatte, nun wieder mit äußerster Sicherheit, wenn auch mit äußerster Langsamkeit, an all den Schätzen nagte. Hier und da fand ich Spuren des kleinen Volks, die seltene Fossilien in Stücke zerteilt oder auf Bindfäden zu Ketten aufgereiht hatten. Und an einigen Stellen waren die Vitrinen entfernt – von den Morlocks, vermutete ich. Es war sehr still. Der dicke Staub dämpfte unsere Schritte. Weena, die einen Seeigel am schrägen Glas einer Vitrine hinunterrollen ließ, kam zu mir, als ich mich umblickte, nahm sehr ruhig meine Hand und blieb neben mir stehen.

Zunächst war ich über dieses alte Monument einer gebildeten Zeit so sehr erstaunt, dass ich gar nicht an die Möglichkeiten dachte, die sich mir eröffneten. Sogar meine Sorge um die Zeitmaschine war ein wenig aus meinen Gedanken gewichen.

Nach der Größe zu urteilen, musste dieser grüne Porzellanpalast viel mehr enthalten, als nur eine Abteilung für Paläontologie; vielleicht eine Abteilung für Neuere Geschichte; vielleicht auch eine Bibliothek! Für mich wäre das, zumindest unter den gegebenen Bedingungen, sehr viel interessanter als Exponate vergangener geologischer Zeitalter. Herumsuchend fand eine zweite kürzere Galerie, die quer zur ersten verlief. Sie schien der Mineralogie gewidmet, und der Anblick eines Schwefelblocks brachte meine Gedanken auf Schießpulver. Aber ich konnte keinen Salpeter finden; überhaupt keinerlei Nitrate. Ohne Zweifel waren sie seit Jahrhunderten zerronnen. Aber der Schwefel blieb mir im Hinterkopf und löste eine Kette von Gedanken aus.

Für die übrigen Exponate der Galerie hatte ich, obgleich sie insgesamt die am besten erhaltenen waren, die ich zu sehen bekam, wenig Interesse. Ich bin kein Spezialist in der Mineralogie. Also ging ich einen sehr verfallenen Gang entlang, parallel zur ersten Halle, die wir betreten hatten. Offenbar war diese Abteilung der Naturgeschichte gewidmet, aber alles war längst unkenntlich geworden. Ein paar verschrumpfte und schwarze Überreste von Dingen, die wohl einmal ausgestopfte Tiere gewesen waren, vertrocknete Mumien in einstmals mit Spiritus gefüllten Glasgefäßen, brauner Staub von verflüch- tigten Pflanzen: Das war alles! Es war bedauerlich, denn gern hätte ich den langsamen Veränderungsprozess nachvollzogen, der mit der Eroberung der belebten Natur einhergegangen war. Dann kamen wir in eine Galerie von wirklich kolossalen Ausmaßen, die jedoch sehr schlecht beleuchtet war und in leichtem Winkel abwärts führte. In bestimmten Abständen hingen weiße Kugeln von der Decke nieder – viele gebrochen und zertrümmert – was darauf schließen ließ, dass der Raum früher künstlich beleuchtet gewesen war.

Hier war ich mehr in meinem Element, denn zu beiden Seiten erhoben sich die Riesenformen großer Maschinen, die meisten sehr angegriffen und viele zusammengebrochen, aber manche auch noch recht vollständig. Sie wissen, ich habe eine gewisse Schwäche für die Mechanik, und ich hielt mich wohl lange dort auf; umso mehr, als mir die meisten Apparate Rätsel aufgaben, und ich nur ganz vage Vermutungen über ihren Zweck anstellen konnte. Ich bildete mir ein, wenn ich die Rätsel lösen könnte, würde ich in den Besitz von Kräften kommen, die gegen die Morlocks helfen konnten.

Plötzlich kam Weena eng an meine Seite. So plötzlich, dass sie mich erschreckte. Wäre sie nicht gewesen, hätte ich vermutlich gar nicht bemerkt, dass der Boden nach unten führte (natürlich ist es auch möglich, dass sich der Boden gar nicht senkte, sondern dass das Gebäude auf einem Hügelhang gebaut war). Das eine Ende, wo wir eingetreten waren, lag ganz überirdisch und war durch gelegentliche schlitzartige Fenster erhellt. Wenn man den Raum der Länge nach durchschritt, versank der Boden im Vergleich zu den Fenstern, bis man schließlich wie in einem Keiler war, wo nur noch oben eine schmale Linie des Tageslichtes eindrang. Ich war langsam da hinab gegangen, machte mich an den Maschinen zu schaffen und war zu sehr mit ihnen beschäftigt gewesen, um die zunehmende Dunkelheit zu beachten, und erst Weenas zunehmende Furcht machte mich aufmerksam. Da erkannte ich, dass die Galerie allmählich in dichtes Dunkel tauchte.

Ich zögerte, und dann, als ich mich umsah, bemerkte ich, dass der Staub hier weniger dicht und seine Oberfläche weniger unangetastet war. Weiter unten im Dunkel, schien mir, war er von kleinen, schmalen Fußspuren unterbrochen. Das machte mir wieder klar, dass die Morlocks unmittelbar gegenwärtig waren. Ich erkannte, dass ich mit dieser akademischen Untersuchung meine Zeit verschwendete. Mir fiel ein, dass es schon später Nachmittag war und ich noch keine Waffe, keine Zuflucht und kein Mittel hatte, um Feuer zu machen. Und dann hörte ich unten in der fernen Dunkelheit der Galerie das seltsame Klopfen und dieselben merkwürdigen Geräusche, die ich zuvor in der Tiefe des Brunnens gehört hatte.

Ich nahm Weena an der Hand. Dann kam mir plötzlich ein Gedanke, ließ sie los und wandte mich einer Maschine zu, aus der ein Hebel ragte, nicht unähnlich denen in einer Signalstube. Ich kletterte auf das Podest, fasste diesen Hebel mit den Händen und stemmte seitlich mein ganzes Gewicht dagegen. Weena, die alleine im Mittelschiff stand, begann zu wimmern. Ich hatte die Stärke des Hebels ziemlich richtig eingeschätzt, denn nach etwa einer Minute der Anstrengung brach er, und ich ging wieder zu ihr, bewaffnet mit einer Keule, die meiner Meinung nach für jeden Morlockschädel, der mir in die Quere kam, mehr als genügte.

Und mir war wirklich danach, einen Morlock oder mehr zu töten. Sehr unmenschlich, sagen Sie jetzt vielleicht, hingehen zu wollen und seine eigenen Nach- fahren umzubringen! Aber irgendwie war es mir unmöglich, etwas Menschliches in diesen Wesen zu sehen. Nur meine Abneigung dagegen, Weena allein zu lassen, und der Gedanke, dass, wenn ich begann, meine Mordlust auszuleben, meine Zeitmaschine leiden mochte, hielten mich davon ab, gerade- wegs die Galerie hinunter zu stürmen und die Biester, die ich da unten hörte, zu töten.

Nun, die Keule in der einen, Weena an der anderen Hand, ging ich aus dieser Galerie heraus und betrat eine andere und noch größere, die mich beim ersten Blick an eine mit zerfetzten Fahnen drapierte Militärkapelle erinnerte. Die braunen und verkohlten Fetzen, die an den Seiten hingen, erkannte ich aber bald als die verwesenden Spuren von Büchern. Sie waren längst in Stücke zerfallen und jeder Überrest von Schrift war verloschen. Aber hier und dort lagen verschrumpelte Buch- deckel und zersprungene Metallbeschläge, die beredt genug sprachen. Wäre ich ein Philosoph, so hätte ich vielleicht über die Nichtigkeit allen Ehrgeizes fabuliert. Aber so fiel mir am schärfsten die ungeheure Arbeitsverschwendung auf, die diese finstere Wildnis vermoderten Papiers dokumentierte. Dabei, das will ich zugeben, dachte ich hauptsächlich an meine ›Philosophischen Abhandlungen‹ und meine siebzehn Aufsätze über physikalische Optik.

Dann folgte ich einer breiten Treppe nach oben und kam in eine Abteilung, die einmal der technischen Chemie gedient haben mag. Und hier hatte ich Hoffnung auf nützliche Ent- deckungen. Außer an einem Ende, wo das Dach eingebrochen war, war diese Galerie wohlerhalten. Ich ging begierig zu jedem nicht zerbrochenen Schaukasten. Und schließlich fand ich in einem der noch luftdichten Kästen eine Schachtel Streich- hölzer. Erwartungsvoll probierte ich sie aus. Sie waren voll- kommen gut erhalten und nicht einmal feucht. Ich wandte mich zu Weena. »Tanze!« schrie ich ihr in ihrer Sprache zu. Denn jetzt hatte ich eine Waffe gegen die fürchterlichen Monster. Und so vollführte ich in jenem Trümmermuseum, auf dem dicken, weichen

Staubteppich zu Weenas unbändiger Freude feierlich einen selbst erfundenen Tanz, dabei, so spaßig ich konnte, das Lied ›The Land of the Leal‹[5] pfeifend. Zum Teil war es ein Stepptanz, zum Teil ein schüchterner Cancan mit wehendem Kleid (soweit mein Rockschoß das hergab) und zum Teil original von mir erfunden. Denn, wie Sie wissen, bin ich von Natur aus erfinderisch.

Noch jetzt verblüfft es mich: Dass diese Streichholzschachtel durch undenkliche Jahre hindurch dem Zahn der Zeit entgangen war – das war ebenso höchst seltsam, wie es für mich höchst glücklich war. Und doch fand ich, unwahr- scheinlich genug, eine noch viel flüchtigere Substanz, und das war Kampfer. Ich fand ihn in einer geschlossenen Flasche, die, so vermute ich, zufällig tatsächlich absolut hermetisch versiegelt war. Erst dachte ich, es sei Paraffinwachs, und ich zerbrach das Glas. Aber der Kampfergeruch war unverkenn- bar. Bei all dem Verfall ringsum hatte sich diese flüchtige Substanz durch einen Zufall vielleicht viele Jahrhundert- tausende lang erhalten. Das erinnerte mich an ein Sepia- Gemälde, das ich einmal jemanden mit der Tinte eines Belemniten, einem Tier, das vor Millionen von Jahren umge- kommen und fossilisiert sein musste, hatte malen sehen. Ich wollte die Flasche gerade fortwerfen, aber erinnerte mich, dass Kampfer entflammbar ist und mit guter heller Flamme ab- brennt – somit eine ausgezeichnete Kerze – , und steckte das Stück in die Tasche. Ich fand aber keinen Sprengstoff, irgend- etwas, womit ich die Bronzetüren hätte aufsprengen können. Trotzdem verließ ich die Galerie in gehobener Stimmung.

Ich kann Ihnen nicht die ganze Geschichte dieses langen Nachmittags darlegen. Wollte ich all meine Entdeckungen in einigermaßen richtiger Reihenfolge aufzählen, bräuchte ich ein riesiges Gedächtnis. Ich erinnere mich einer langen Reihe einsam rostender Waffen, an der ich mich nicht zwischen dem Brecheisen, einem Beil und einem Schwert entscheiden konnte. Aber ich konnte nicht alles tragen, und das Brecheisen ver- sprach am meisten gegen die Bronzetüren ausrichten zu können. Es gab

---

[5] *schottisches Volkslied*

zahllose Flinten, Pistolen und Gewehre. Die meisten nur noch Rosthaufen; aber viele waren aus einem neuen Metall und noch recht gut in Takt. Aber alles, was ein- mal an Patronen oder Pulver vorhanden gewesen sein mochte, war zu Staub verfallen. Eine Ecke des Raums war verkohlt und zertrümmert: Vielleicht durch Explosion eines der Ausstel- lungsstücke. An anderer Stelle fand ich eine lange Reihe Götterstatuen – polynesische, mexikanische, griechische, phönizische – aus allen Ländern der Erde, die mir einfielen. Und ich gab einem unwiderstehlichen Impuls nach und schrieb meinen Namen auf die Nase eines südamerikanischen Speck- stein-Ungeheuers, das mich besonders in seinen Bann zog.

Als der Nachmittag vorrückte, erlahmte meine Neugier. Ich durchwanderte eine Galerie nach der anderen – staubige, stille, oft verfallene Räume, deren Sammlungen bisweilen nur Haufen von Rost und Schrott waren, manchmal aber auch gut erhalten. An einer Stelle sah ich plötzlich das Modell einer Zinnmine, und dann entdeckte ich durch einen Zufall in einem luftdichten Kasten zwei Dynamitpatronen!

Heureka rufend, zertrümmerte ich glücklich den Kasten. Dann kamen mir Zweifel. Ich zögerte. In einer kleinen Seitengalerie machte ich einen Test. Man kann sich meine Enttäuschung kaum vorstellen, als ich dort fünf, zehn, fünfzehn Minuten auf eine Explosion wartete, die niemals kam. Natürlich waren es nur Attrappen gewesen, wie ich gleich hätte erraten können. Ich glaube wirklich, wären sie das nicht gewesen, so wäre ich haltlos losgerannt und hätte Sphinx, Bronzetüren und ebenso (wie sich später herausstellte) meine Aussicht, die Zeitmaschine zu bekommen, alles zusammen ins Nichts zersprengt.

Nach dem Rundgang gelangten wir zu einem kleinen Innenhof im Palast. Er war grasbewachsen und enthielt drei Obstbäume. Dort ruhten wir aus und erholten uns. Gegen Sonnenuntergang begann ich, unsere Lage zu überdenken. Die Nacht kroch über uns, aber mein unzugängliches Versteck war noch nicht gefunden. Aber das machte mir jetzt weniger Sorge. Ich besaß jetzt etwas, das vielleicht das beste Verteidigungs- mittel gegen die Morlocks war – Streichhölzer! Und auch den Kampfer hatte ich in der

Tasche, falls eine Fackel nötig wurde. Mir schien, das Beste, was wir tun konnten, war, die Nacht beim Schutz eines Feuers im Freien zu verbringen. Am nächsten Morgen würden wir dann die Zeitmaschine wieder- erlangen. Zu diesem Zweck hatte ich bis jetzt nur mein Stemmeisen. Aber mit wachsender Kenntnis der Lage beurteilte ich die Bronzetüren anders. Bislang hatte ich sie zum guten Teil deshalb nicht aufgebrochen, weil auf der anderen Seite ein Geheimnis lauerte. Den Eindruck großer Robustheit hatten sie mir noch nie gemacht, und ich hoffte, mein Stemmeisen würde mir gute Dienste leisten.

Kapitel 11 – Das Flammenbad

Wir verließen den Palast als die Sonne noch ein wenig über dem Horizont stand. Mein Plan war, die weiße Sphinx früh am nächsten Morgen zu erreichen; und noch vor Einbruch der Dunkelheit wollte ich den Wald hinter mich bringen, der uns auf dem Hinweg aufgehalten hatte. Ich hatte vor, in dieser Nacht so weit wie möglich zu gehen, dann ein Feuer anzumachen und in dessen Schutz zu schlafen. Also sammelte ich unterwegs alles, was ich an Holz und trockenem Grase fand, und hatte bald die Arme voll solchem Gezweig. Unter dieser Last ging unser Marsch langsamer voran, als ich gerechnet hatte, und außerdem war Weena müde. Auch ich wurde todmüde. So war es dann schon tiefe Nacht, als wir den Wald erreichten. Weena hätte gern auf dem buschbedeckten Hügel an seinem Rande pausiert, denn das Dunkel vor uns machte ihr Angst; aber ein merkwürdiges Gefühl drohenden Unheils, das mir freilich als Warnung hätte dienen sollen, trieb mich vorwärts. Seit einer Nacht und zwei Tagen war ich ohne Schlaf gewesen, war fiebrig und reizbar. Ich fühlte, wie mich der Schlaf einholte, und mit ihm die Morlocks.

Während wir noch zögerten, sah ich unter den schwarzen Büschen hinter uns, sich undeutlich vor der Schwärze abzeichnend, drei kauernde Gestalten. Rings um uns war Strauchwerk und langes Gras, und ich fühlte mich vor ihrem heimtückischen Anschleichen nicht sicher. Der Wald, berechnete ich, war weniger als eine Meile breit. Wenn wir zu dem kahlen Hügelhang gelangen konnten, schien mir, hatten wir einen in jeder Hinsicht sicheren Rastplatz. Mit meinen Streichhölzern und meinem Kampfer würde ich den Pfad durch den Wald beleuchten können, meinte ich. Aber wenn ich mit meinen Händen Streichhölzer schwingen sollte, soviel war klar, musste ich das Feuerholz zurücklassen; und so warf ich es ziemlich widerwillig hin. Dann fiel mir ein, dass ich unsere Feinde schockieren würde, wenn ich es anzündete. Die wilde Narrheit dieses Vorgehens sollte mir später klar werden, aber mir erschien es als ein scharfsinniger Schachzug, um unsere Flucht zu decken.

Ich weiß nicht, ob Sie je darüber nachgedacht haben, wie selten in einem gemäßigten Klima ein Feuer ausbrechen würde, wenn der Mensch nicht zugegen ist. Die Sonnenhitze ist kaum stark genug, um etwas zu entzünden, selbst, wenn sie durch Tautropfen gebündelt wird, wie es gelegentlich in tropischen Gefilden passiert. Der Blitz versengt und schwärzt, verursacht aber selten ein weit ausuferndes Feuer. Faulende Vegetation glimmt gelegentlich in der Hitze ihrer Gärung, aber zu einer Flamme reicht es dabei kaum. Und in dieser dekadenten Zeit hier war die Kunst des Feuermachens auf der Erde ohnehin ganz vergessen. Die roten Zungen, die an meinem Reisighaufen emporleckten, waren für Weena etwas ganz Neues und Fremdartiges.

Sie wollte hinlaufen und damit spielen. Ich glaube, sie hätte sich hineingestürzt, hätte ich sie nicht aufgehalten. Aber ich nahm sie hoch und tauchte trotz ihres Widerstandes kühn in den Wald hinein. Eine kleine Strecke weit beleuchtete der Schein des Feuers den Pfad. Als ich mich bald darauf umsah, bemerkte ich durch die engen Stämme, dass sich der Feuerschein von meinem Holzhaufen auf einige umstehende Büsche ausgedehnt hatte, und dass eine krumme Feuerlinie über das Gras den Hügel hinaufkroch. Ich lachte darüber und wandte mich dann wieder zu den dunklen Bäumen vor mir. Es war stockschwarz und Weena klammerte sich krampfhaft an mich. Aber als meine Augen sich ans Dunkel gewöhnt hatten, war doch noch genügend Licht vorhanden, um den Stämmen auszuweichen zu können. Vor uns war einfach nur Schwärze, außer, wo hier und da ein Spalt fernen, blauen Himmels auf uns herab leuchtete. Ich entzündete keines meiner Streichhölzer, weil ich keine Hand frei hatte. Auf dem linken Arm trug ich meine kleine Freundin, in der rechten Hand hielt ich die Eisenstange.

Eine Weile hörte ich nichts als die brechenden Zweige unter meinen Füßen, das schwache Rascheln des Windes oben, meinen Atem und das Pochen der Blutgefäße in meinen Ohren. Dann meinte ich, ein Trappeln um mich herum zu bemerken. Grimmig drang ich weiter vor. Das Trappeln wurde deutlicher, und dann hörte ich dieselben wunderlichen Töne und Stimmen, die ich in der Unterwelt gehört hatte. Es war offenbar eine Gruppe Morlocks, und sie umzingelten uns. Tatsächlich fühlte ich keine Minute später etwas an meiner Jacke zerren und dann etwas an meinem Arm. Und Weena schauderte heftig und wurde ganz still.

Es war Zeit für ein Streichholz. Aber um es herauszunehmen, musste ich sie niedersetzen, und als ich in meine Tasche griff, fühlte ich im Dunkel um meine Knie ein Gerangel, bei dem von Weena kein Laut zu hören war, von den Morlocks aber dasselbe eigentümliche, beunruhigende Girren. Weiche kleine Hände krochen mir über Rücken und Jacke und berührten sogar meinen Hals. Dann strich das Streichholz und zischte auf. Ich hielt es flackernd hoch und sah die weißen Rücken der Morlocks zwischen den Bäumen verschwinden. Schnell nahm ich ein Stück Kampfer aus der Tasche und machte mich bereit, es anzuzünden, sobald das Streichholz verlöschen würde.

Dann blickte ich auf Weena. Sie lag an meine Füße geklammert ganz reglos da, das Gesicht auf dem Boden. Mit plötzlichem Schreck bückte ich mich zu ihr. Sie schien kaum zu atmen. Ich zündete den Kampferblock an und warf ihn zu Boden, und als er berstend aufflammte und die Morlocks und die Schatten vertrieb, kniete ich nieder und hob sie auf. Doch der Wald hinter uns schien wie voll vom Lärm und Surren einer großen Herde!

Sie schien ohnmächtig zu sein. Ich hob sie behutsam auf meine Schulter und stand auf, um weiterzukommen, aber dann realisierte ich eine furchtbare Tatsache: Während ich mit meinen Streichhölzern und mit Weena beschäftigt war, hatte ich mich mehrmals um meine Achse gedreht, und jetzt hatte ich nicht mehr die geringste Ahnung, in welche Richtung ich weiter musste. Möglicherweise ging ich sogar gerade zum grünen Porzellanpalast zurück. Kalter Schweiß brach mir aus. Ich musste schleunigst eine Lösung finden. Ich beschloss, genau an dieser Stelle hier ein Feuer zu machen und zu lagern. Die noch reglose Weena legte ich auf ein Moosbett und begann eilig – denn mein erstes Stück Kampfer begann zu erlöschen –, Zweige und Blätter zu suchen. Hier und dort leuchteten aus dem Dunkel um mich die Augen der Morlocks wie Granatsteine.

Der Kampfer flackerte und verlosch. Ich zündete ein Streichholz an, als zwei weiße Gestalten, die sich Weena genähert hatten, hastig davoneilten. Einer der Kerle war vom Licht so geblendet, dass er direkt auf mich zustürzte. Unter meinem Faustschlag fühlte ich seine Knochen dröhnen. Er stieß einen Schreckensschrei aus, taumelte eine Strecke weiter und brach zusammen. Ich entzündete ein neues Stück Kampfer und sammelte weiter Brennmaterial. Dann fiel mir auf, wie trocken das Laubwerk über mir zum Teil war, denn seit meiner Ankunft auf der Zeitmaschine – etwa einer Woche – hatte es nicht geregnet. Anstatt also unter den Bäumen nach gefallenen Zweigen umherzusuchen, begann ich hochzuspringen und Äste herabzuzerren. Sehr bald hatte ich ein dampfendes, rauchiges Feuer aus grünem Holz und trockenen Zweigen und konnte meinen Kampfer sparen. Dann wandte ich mich dahin, wo neben meinem Eisenprügel Weena lag. Ich tat, was ich konnte, um sie zu beleben, aber sie lag dort wie tot. Ich war mir nicht einmal sicher, ob sie atmete oder nicht.

Nun überzog mich der Rauch des Feuers, und das muss mich plötzlich matt gemacht haben. Obendrein lag der Dunst von Kampfer in der Luft. Das Feuer würde vielleicht eine Stunde lang kein Nachlegen nötig haben. Nach meinen Anstrengungen fühlte ich mich sehr müde und setzte mich. Und der Wald war voll von einem einschläfernden Gemurmel, das ich nicht deuten konnte. Mir war, als wäre ich eingenickt, und hätte sofort wieder die Augen geöffnet. Aber alles um mich war schwarz, und die Morlocks hatten die Hände auf mir. Ihre tastenden Finger wegschleudernd, griff ich hastig nach der Streichholzschachtel in der Tasche, aber – sie war fort! Dann tasteten sie erneut nach mir und bedrängten mich. Mir wurde klar, was geschehen war: Ich war eingeschlafen und das Feuer war verloschen; und nun legte sich die Bitterkeit des Todes über mich. Der Wald schien voll vom Rauch brennenden Holzes. Ich wurde am Hals, an den Haaren und Armen gepackt und niedergehalten.

Es war unbeschreiblich widerlich, im Dunkel all diese glibbrigen Geschöpfe auf mir zu fühlen. Ich hatte die Empfindung, als sei ich in einem riesigen Spinnennetz. Mit vereinter Kraft drückten sie mich nieder, und ich fühlte kleine Zähne an meinem Nacken nagen. Ich wälzte mich herum, wobei meine Hand gegen meinen Eisenhebel stieß. Das war, was ich gebraucht hatte. Ich arbeitete mich in die Höhe, schüttelte die menschlichen Ratten von mir ab, fasste die Stange kurz und schlug dahin, wo ich ihre Gesichter vermutete. Unter meinen Hieben konnte ich das satte Krachen in Fleisch und Knochen fühlen, und für einen Moment war ich frei.

Ein seltsames Triumphgefühl, das wohl häufig harten Kampf begleitet, überkam mich. Mir war klar, dass sowohl ich als auch Weena verloren waren, aber ich war wild entschlossen, die

Morlocks für ihr Fleisch bluten zu lassen. Mit dem Rücken gegen einen Baum stehend schwang ich die Eisenkeule herum, und der ganze Wald erfüllte sich von ihrem Taumeln und Schreien. Eine Minute verging. Ihre Stimmen schienen noch erregter zu werden, und ihre Bewegungen wurden rascher. Aber keiner kam mir zu nahe. Ich stand da und starrte ins Schwarze. Dann kehrte Hoffnung zurück. Was, wenn die Morlocks jetzt doch Angst hatten?

Und dann geschah etwas Seltsames. Das Dunkel schien sich aufzuhellen. Ganz schwach begann ich die Morlocks um mich zu sehen – drei lagen erschlagen zu meinen Füßen – und dann erkannte ich mit ungläubiger Überraschung, dass die anderen in einem unaufhörlichen Strom, so schien es, hinten an mir vorbei durch den Wald davonliefen. Und ihre Rücken schienen nicht mehr weiß, sondern rötlich. Als ich noch staunend dastand, sah ich einen kleinen roten Funken im Schatten des Sternenlichts zwischen den Zweigen springen und verschwinden. Und da verstand ich den Geruch brennenden Holzes, das einschläfernde Murmeln, das jetzt zu einem stürmischen Brüllen anwuchs, den roten Schein und die Flucht der Morlocks.

Ich machte ein paar Schritte vom Baum weg und schaute zurück; durch die schwarzen Pfeiler der umgebenden Bäume sah ich die Flammen des brennenden Waldes. Es war das erste Feuer, das mich jemals bedrohte. Ich blickte mich nach Weena um, aber sie war fort. Das Zischen und Prasseln hinter mir, der explosive Schall, wenn wieder ein entflammter Baum barst – das ließ mir kaum Zeit zum Nachdenken. Meine Eisenkeule noch gepackt, folgte ich den Morlocks. Es war ein knappes Rennen. Einmal schossen die Flammen während meiner Flucht rechter Hand so schnell an mir vorbei, dass ich einen Bogen nach links machen musste. Aber schließlich erreichte ich eine kleine Lichtung, und in dem Moment stolperte ein

Morlock genau auf mich zu, an mir vorbei und lief geradeswegs ins Feuer!

Und jetzt würde ich das wohl gespenstischste und grauenhafteste Schauspiel erleben, von allem, was ich in der Zukunft gesehen habe. Diese ganze Lichtung war vom Feuerschein so hell erleuchtet wie der Tag. Im Zentrum war ein kleiner Hügel, den ein versengter Hagedorn überragte. Dahinter lag wieder ein Arm des brennenden Waldes, aus dem schon gelbe Flammen hervor züngelten, so dass nun die Fläche komplett von einem Feuerzaun umschlossen war. Auf dem Hügelhang waren einige dreißig oder vierzig Morlocks, die von Licht und Hitze geblendet, verwirrt hierhin und dorthin gegeneinander stolperten. Zuerst war mir ihre Blindheit nicht bewusst, und ich schlug in wahnsinniger Angst mit meiner Eisenkeule wütend auf sie ein, als sie mir nahekamen, tötete einen und verkrüppelte mehrere andere. Aber als ich die Gesten von einem sah, der unter dem Hagedorn gegen den roten Himmel tastete, und als ich ihr Stöhnen hörte, wurden mir ihre absoluten Hilflosigkeit und ihr Elend klar, und ich schlug nicht mehr nach ihnen.

Doch ab und zu kam einer geradewegs auf mich zu, und das verursachte mir ein bebendes Grauen, sodass ich schnell auswich. Einmal ließen die Flammen ein wenig nach, und ich fürchtete, die widerlichen Geschöpfe würden mich schon bald wieder sehen können. Ich war schon drauf und dran, selber den Kampf anzufangen und einige von ihnen zu erschlagen, ehe das geschehen würde; aber das Feuer brach wieder hell aus, und ich hielt mich zurück. Ich ging, ihnen ausweichend, auf den Hügel und blickte mich nach einer Spur von Weena um. Aber Weena war fort.

Schließlich setzte ich mich auf die Kuppe des Hügels und beobachtete diese unheimliche, unglaubliche Gesellschaft von blinden Wesen, die sich hin und her tasteten und sich mit unheimlichen Lauten verständigten, wenn der Feuerschein sie traf. Eine aufwirbelnde Rauchsäule strömte über den Himmel, und durch die seltenen Risse dieses roten Baldachins schienen fern, wie aus einem anderen Universum, die kleinen Sterne. Zwei oder drei Morlocks torkelten gegen mich, und ich vertrieb sie zitternd mit Faustschlägen.

Den größten Teil der Nacht hindurch war ich überzeugt, in einem Alptraum festzustecken. Ich biss mich selbst und schrie laut, in dem leidenschaftlichen Wunsch zu erwachen. Ich schlug den Boden mit den Händen, stand auf und setzte mich wieder; wanderte hin und her und setzte mich erneut. Dann rieb ich mir die Augen und flehte zu Gott, er möge mich erwachen lassen. Dreimal wurde ich Zeuge, wie Morlocks in einer Art Agonie den Kopf senkten und sich in die Flammen stürzten. Aber schließlich zog über dem abklingenden Rot des Feuers, über den strömenden Massen schwarzen Rauches, den bleichenden und verkohlenden Baumstümpfen und der geringer werdenden Anzahl dieser düsteren Geschöpfe das weiße Licht des Tages herauf.

Ich suchte noch einmal nach Spuren von Weena, aber vergebens. Es war klar, sie hatten ihren armen, kleinen Körper im Wald zurückgelassen. Ich kann nicht beschreiben, wie es mich erleichterte, dass sie dem fürchterlichen Schicksal entgangen war, zu dem man sie offensichtlich bestimmt hatte. Wenn ich daran dachte, war ich nahe dran, unter dem hilflosen Gesindel um mich herum ein Massaker anzurichten. Aber ich bezwang mich. Der Hügel war, wie gesagt, eine Art Insel im Wald. Von seiner Kuppe aus konnte ich jetzt durch die Rauchwolken den grünen Porzellanpalast erkennen, und dementsprechend meine Richtung zur weißen Sphinx bestimmen. Und so ließ ich die Reste dieser verdammten Seelen im aufziehenden Tageslicht hier- und dorthin torkeln und stöhnen, band mir ein wenig Gras um die Füße und hinkte über dampfende Asche an den schwarzen Stämmen, die innerlich noch vom Feuer pulsierten, vorbei, in Richtung des Verstecks der Zeitmaschine. Ich ging langsam, denn ich war ebenso erschöpft wie lahm, und ich empfand den intensivsten Schmerz über den fürchterlichen Tod der kleinen Weena. Es schien ein überwältigendes Unheil. Jetzt, hier in diesem altvertrauten Zimmer, ist es mehr wie der Schmerz eines Traumes, als ein wirklicher Verlust. Aber an jenem Morgen fühlte ich mich dadurch wieder absolut alleingelassen – furchtbar allein. Ich begann an dieses mein Haus zu denken, an diesen Kamin, an einige von Ihnen, und mit solchen Gedanken stieg eine Sehnsucht auf, die Pein war.

Aber als ich unter dem hellen Morgenhimmel über die rauchende Asche ging, machte ich eine Entdeckung: In meiner Hosentasche waren noch ein paar einzelne Streichhölzer. Die Schachtel musste aufgegangen sein, ehe sie verloren ging.

KAPITEL 12 – DIE FALLE DER WEIßEN SPHINX

GEGEN acht oder neun Uhr morgens erreichte ich jenen Sitz aus gelbem Metall, von dem aus ich am Abend meiner Ankunft diese Welt überschaut hatte. Ich dachte an meine vorschnellen Schlüsse an jenem Abend und konnte nun nicht anders, als bitter über meine Zuversicht zu lachen. Obwohl hier die unverändert wundervolle Szene herrschte, vor zuvor: Dasselbe reiche Laub, dieselben glänzenden Paläste und großartigen Ruinen; derselbe Silberstrom floss zwischen fruchtbaren Ufern. Die bunten Gewänder der schönen Leute bewegten sich zwischen den Bäumen hierhin und dorthin. Einige badeten genau an der Stelle, wo ich Weena gerettet hatte – und das versetzte mir plötzlich einen scharfen Stich des Schmerzes.

Und wie Flecken in der Landschaft erhoben sich die Kuppeln, die die Kanäle zur Unterwelt überdecken. Ich verstand nun, was unter der Schönheit des Oberweltvolkes verborgen lag. Heiter war ihr Tag, heiter wie der Tag des Rindes auf dem Feld. Wie das Rind wussten sie von keinen Feinden und machten sich keine Sorgen. Doch sie endeten genauso wie das Rind.

Mit Schmerzen dachte ich daran, wie flüchtig der Traum des menschlichen Intellekts gewesen war. Er hatte Selbstmord begangen. Unentwegt hatte er nach Behagen und Ruhe gestrebt, nach einer ausgeglichenen Gesellschaft mit Sicherheit und Beständigkeit als Parole. Er hatte sein Ziel erreicht – um schließlich hierbei zu enden. Leben und Eigentum mussten einmal fast absolute Sicherheit erreicht haben. Der Reiche war seines Reichtums und Wohllebens sicher gewesen, der Arbeiter seiner Arbeit und seines Lebens. Ohne Zweifel gab es in jener vollkommenen Welt kein Problem der Arbeitslosen mehr, keine soziale Frage war offen geblieben. Und eine tiefe Ruhe zog ein.

Wir übersehen dabei: Es ist ein Naturgesetz, dass intellektuelle Beweglichkeit der Profit aus Veränderung, Gefahr und Unruhe ist. Ein mit seiner Umgebung vollkommen in Harmonie lebendes Tier ist ohne Geist vollkommen. Die Natur erweckt den Intellekt erst, wenn Gewohnheit und Instinkte unzureichend werden. Nur jene Tiere haben einen Teil an Intelligenz, die einer ungeheuren Mannigfaltigkeit von Bedürfnissen und Gefahren ausgesetzt sind.

So war, wie ich erkenne, der Oberweltmensch bis zu dieser hübschen Weichheit gesunken, und die Unterwelt zur rein mechanischen Industrie. Aber wie jenem vollkommenen Zustand hatte es der bloßen automatisch ablaufenden Vollkommenheit an einem gefehlt – an absoluter Dauer. Offenbar war im Laufe der Zeit die Ernährung der Unterwelt, wie immer sie organisiert gewesen sein mag, gestört worden. Mutter Not, die ein paar tausend Jahre lang ausgeschlossen gewesen war, kam zurück, und sie wurde zuerst in der Unterwelt aktiv. Die Unterweltler hatten es mit Maschinen zu tun, und so vollkommen diese auch sein mögen, sie erfordern doch außer der Gewohnheit noch ein wenig Denken, und dadurch hatten die Unterweltler zwangsläufig mehr Initiative bewahrt als die Oberweltler – wenn auch kaum eine andere menschliche Eigenschaft. Und als ihnen die Nahrung ausging, wandten sie sich dem zu, was überbrachte menschliche Konvention bislang verboten hatten. So zog ich also meine letzte Bilanz über die Welt von Achthundertzweitausendsiebenhundertundeins. Es mag eine so abstruse Erklärung sein, wie sie nur menschlicher Zynismus erfinden kann. So stellte sich mir die Sache dar, und so gebe ich sie Ihnen wieder.

Nach den Anstrengungen, Aufregungen und Ängsten der zurückliegenden Tage und trotz meines Schmerzes waren dieser Sitz hier oben, der ruhige Ausblick und das warme Sonnenlicht etwas sehr Angenehmes. Ich war sehr müde und schläfrig, und bald ging mein Theoretisieren in Schlummern über. Als ich mich dabei ertappte, akzeptierte ich den Wunsch meines Körpers auf Erholung, streckte mich ins Gras und genoss einen langen, erfrischenden Schlaf.

Kurz vor Sonnenuntergang erwachte ich. Nun konnte ich mich sicher davor fühlen, dass mich die Morlocks später im Schlaf überraschen würden, und mich reckend, stieg ich den Hügel zur weißen Sphinx hinab. Mein Stemmeisen hielt ich in der einen Hand, und die andere spielte mit den Zündhölzern in meiner Hosentasche.

Und jetzt folgte etwas höchst Unerwartetes: Als ich mich dem Sockel der weißen Sphinx näherte, fand ich die Bronzetüren offen. Sie hatten sich in den Boden abgesenkt.

Kurz blieb ich davor stehen und zögerte, hineinzugehen. Drinnen war ein kleiner Raum, und auf einem erhöhten Platz im Winkel stand die Zeitmaschine. Die kleinen Hebel hatte ich in der Tasche. Hier fand ich also nach all meinen sorgfältigen Vorbereitungen zum Sturm auf die weiße Sphinx eine duldsame Übergabe. Ich warf meine Eisenstange fort; es tat mir fast leid, dass ich sie nicht brauchte.

Mir kam ein gewisser Verdacht, während ich mich zum Eingang bückte. Endlich begriff ich doch einmal, wie die Morlocks dachten. Ich unterdrückte eine starke Neigung zu lachen und trat durch den Bronzerahmen zur Maschine hin. Zu meiner Überraschung fand ich, dass sie sorgfältig geölt und gesäubert war. Ich vermute heute sogar, dass die Morlocks sie teilweise zerlegt hatten, um auf ihre dunkle Art den Zweck der Maschine zu erfassen.

Als ich so dastand und sie prüfte und mich an dem bloßen Anblick der Erfindung erfreute, geschah, was ich erwartet hatte. Die bronzenen Paneele glitten plötzlich in die Höhe und schlugen schallend in den Rahmen. Ich war im Dunkel —

gefangen. So dachten die Morlocks. Bei dem Gedanken kicherte ich belustigt.

Schon konnte ich murmelndes Lachen hören, als sie sich mir näherten. Sehr ruhig versuchte ich, ein Streichholz anzuzünden. Ich brauchte dann nur die Hebel zu befestigen und konnte wie ein Geist verschwinden. Aber ich hatte eine Kleinigkeit übersehen: Die Zündhölzer waren von der abscheulichen Art, die man nur an der Schachtel entzünden konnte.

Sie können sich vorstellen, wie meine ganze Ruhe zerstob. Die kleinen Bestien waren dicht an mir. Einer berührte mich. Im Dunkel schlug ich mit den Hebeln nach ihnen und begann, mich in den Sattel der Maschine zu winden. Dann legte sich eine Hand auf mich, und dann noch eine. Dann musste ich einfach gegen ihre Hände kämpfen, wie sie beharrlich nach den Hebeln fingerten; und zugleich musste ich nach den Gewinden tasten, in die sie passten. Einen konnten sie mir beinahe entreissen. Als er mir aus der Hand rutschte, musste ich im Dunkeln mit dem Kopf umher schlagen – ich konnte einen Morlockschädel dröhnen hören – um ihn wiederzubekommen. Diesem letzten Kampf entging ich, meine ich, mit knapperer Not als dem Kampf im Wald.

Aber endlich saß der Hebel, und ich drückte ihn hinunter. Die sich anklammernden Hände lösten sich von mir. Die Dunkelheit fiel mir von den Augen. Ich fand mich in demselben grauen Licht und Tumult, wie ich es schon geschildert habe.

Kapitel 13 – Weiter in der Zeit

ICH HABE Ihnen schon von der Übelkeit und Verwirrung erzählt, die das Zeitreisen verursacht. Und diesmal saß ich nicht einmal ordentlich im Sattel, sondern seitwärts und in unsicherer Haltung. Eine schwer zu bestimmende Zeit lang klammerte ich mich an die vibrierende und schwankende Maschine, ohne achtzugeben, wohin die Reise ging – und als ich es schaffte auf die Armaturen zu sehen, erkannte ich mit Entsetzen, wohin ich geraten war. Ein Zifferblatt verzeichnet Tage, ein zweites Tausend Tage, ein drittes Millionen Tage und ein letztes tausend Millionen Tage. Nun hatte ich die Hebel, statt sie umzukehren, so gekippt, dass es vorwärts ging, und als ich auf die Zeiger sah, fand ich, dass der Tausenderzeiger so schnell herum schwang wie der Sekundenzeiger einer Taschenuhr – und zwar in die Zukunft.

Als ich weiter raste, kroch eine seltsame Veränderung über das Aussehen der Dinge. Das pochende Grau wurde dunkler; dann kehrte – obgleich ich noch mit unsagbarer Geschwindigkeit fuhr – die blinzelnde Folge von Tag und Nacht zurück, die eigentlich auf eine geringere Geschwindigkeit deutete, und wurde immer deutlicher. Das gab mir zunächst sehr zu denken. Der Wechsel von Tag und Nacht wurde beständig langsamer, und ebenso der Weg der Sonne über den Himmel; schließlich schien sich beides über Jahrhunderte zu erstrecken. Zuletzt hing ein stetiges Zwielicht über der Erde; Zwielicht, nur hin und wieder unterbrochen von einem über den dunklen Himmel rasenden Kometen. Das leuchtende Band, das die Sonne gezogen hatte, war längst verschwunden; denn die Sonne ging nicht mehr unter – sie stieg und fiel nur noch im Westen und wurde immer breiter und röter. Jede Spur des Mondes war verschwunden.

Das Kreisen der Sterne wurde immer langsamer: Sie waren zu kriechenden Lichtpunkten geworden. Zuletzt – kurz bevor ich anhielt – blieb die Sonne, rot und riesengroß, bewegungslos am Horizont stehen, ein gewaltiger Dom, der eine dumpfe Hitze ausstrahlte und hin und wieder sogar kurz verlosch. Kurze Zeit glühte sie zwischendurch heller, aber bald kehrte sie in die finstere Rotglut zurück. Ich merkte an dieser Verlangsamung ihres Steigens und Sinkens, dass auch die Arbeit der Gezeitenkräfte vorüber war: Die Erde ruhte nun mit der einen Seite zur Sonne, so wie in unserer Zeit der Mond zur Erde steht. Sehr behutsam, denn ich erinnerte mich an meinen ersten jähen Sturz, begann ich den Schub umzukehren. Immer langsamer rotierten die kreisenden Zeiger, bis der Tausender still zu stehen schien und der Tageszeiger nicht mehr ein bloßer Nebel auf dem Zifferblatt war. Noch langsamer, bis der undeutliche Umriss eines öden Strandes sichtbar wurde.

Ich machte sehr vorsichtig halt und blickte mich, auf der Zeitmaschine sitzend, um. Kein blauer Himmel mehr. Nordöstlich war er tintig schwarz, und hell und stetig leuchteten aus der Schwärze kühl die weißen Sterne. Im Zenit war er tiefrot und sternenlos, und südöstlich wurde er heller, bis zu einem glühenden Scharlach, wo, vom Horizont durchschnitten, rot und reglos der riesige Rumpf der Sonne lag. Die Felsen um mich waren von greller rötlicher Farbe, und das einzige, was ich zunächst von Spuren des Lebens sah, war die intensiv grüne Vegetation, die jeden vorspringenden Punkt auf der südöstlichen Seite bedeckte; es war dasselbe reiche Grün, das man an Waldmoos oder Höhlenflechten sieht: An Pflanzen, die wie diese hier in ewigem Zwielicht wachsen.

Die Maschine stand auf einem abfallenden Strand. Das Meer erstreckte sich weit nach Südwesten und markierte einen hellen Horizont gegen den blassen Himmel. Es gab keine Brandung und keine Wellen, denn kein Windhauch regte sich. Nur ein leichtes, öliges Schwellen stieg und fiel wie ein sanftes Atmen und zeigte, dass das ewige Meer sich noch bewegte und lebte.

Und den Strand entlang, da wo sich das Wasser unmerklich brach, lag eine dicke Salzkruste – rosig unter dem lichtfarbenen Himmel. In meinem Kopf hatte ich ein Gefühl des Drucks, und es fiel mir auf, dass ich sehr schnell atmete. Es erinnerte mich an meine einzige Bergbesteigung, und ich schloss daraus, dass die Luft hier dünner war als zu unserer Zeit.

Weit den öden Hang hinauf hörte ich einen scharfen Schrei und sah etwas wie einen riesigen weißen Schmetterling schräg zum Himmel aufflattern und weiter hinten über einigen niedrigen Hügeln kreisend verschwinden. Der Klang dieses Rufs war so unheimlich, dass ich schauderte und mich fester auf die Maschine setzte. Ich blickte mich noch einmal um und sah, dass ganz nah etwas, das ich für einen rötliches Felsen gehalten hatte, langsam auf mich zu kroch. Da erkannte ich, dass es in Wirklichkeit ein monströses krebsartiges Geschöpf war. Können Sie sich einen Krebs vorstellen, so groß wie der Tisch da, der sich mit seinen vielen Beinen langsam und unsicher bewegt, dessen große Scheren schwanken, dessen lange Antennen wie Fuhrmannspeitschen schwingen und tasten, und dessen Stielaugen Sie von beiden Seiten seiner metallischen Stirn anglotzen? Der Rücken runzlig und mit hässlichen Buckeln verziert, mit einer grünliche Krustenhaut, die ihn hier und da fleckte. Ich konnte die vielen Taster eines komplizierten Mundes flimmern und fühlen sehen, als er sich bewegte.

Während ich noch diese scheußliche Erscheinung anstarrte, die auf mich zu kroch, spürte ich ein Kitzeln an der Backe, als ob sich dort eine Fliege gesetzt hätte. Ich versuchte, es mit der Hand abzustreifen, aber es kehrte im Nu zurück, und fast gleichzeitig fühlte ich ein anderes am Ohr. Ich schlug danach und erwischte etwas Fadenartiges. Es wurde mir schnell aus der Hand gezogen. Fürchterlich erschreckt drehte ich mich herum und sah, dass ich den Fühler eines zweiten Krebsungeheuers, das gerade hinter mir stand, gefasst hatte. Die bösen Augen ringelten sich auf den Stielen, der Mund war ganz lebendig vor Appetit, und seine großen, scheußlichen, mit Algenschleim beschmierten Klauen senkten sich auf mich herab. Im Nu lag meine Hand auf dem Hebel, und ich hatte einen Monat zwischen mich und diese Ungeheuer gebracht. Aber ich war noch an demselben Strand, und ich sah sie immer noch deutlich, als ich wieder halt machte. Dutzende von ihnen schienen hier und dort in dem finsteren Licht unter den blättrigen Flächen intensiven Grüns herumzukriechen.

Ich kann die abscheuliche Trostlosigkeit, die über der Welt hing, gar nicht schildern. Der rote Himmel im Osten, die nördliche Schwärze, das tote Salzmeer, der steinige Strand, auf dem diese ekelhaften, langsamen Ungeheuer umherkrochen. Und das gleichmäßige Giftgrün der flechtenartigen Pflanzen, die dünne Luft, die die Lungen bedrängte: Alles brachte eine schauerliche Wirkung hervor. Ich fuhr etwa hundert Jahre weiter, und sah dieselbe rote Sonne – ein wenig größer, ein wenig stumpfer – dasselbe sterbende Meer, dieselbe eisige Luft und dieselbe Schar irdischer Krustentieren, die zwischen den grünen Gewächsen und roten Felsen hin und her krochen. Und am westlichen Himmel sah ich eine blasse Kurve wie einen gewaltigen neuen Mond.

So fuhr ich, mit gelegentlichen Unterbrechungen, in großen Sprüngen von tausend Jahren oder mehr davon, fortgezogen vom geheimnisvollen Schicksal der Welt, und ich beobachtete mit unheimlicher Faszination, wie die Sonne am westlichen Himmel immer größer und stumpfer wurde und wie das Leben der alten Erde verebbte. Schließlich war es – mehr als dreißig Millionen Jahre nach dem heutigen Tag – so weit gekommen, dass die gewaltige, rotglühende Sonne fast ein Zehntel des dunklen Himmels ausmachte. Hier hielt ich noch einmal an, denn die kriechende Menge von Krebsen war verschwunden, und der rote Strand schien, abgesehen von blassgrünem Leberkraut und Flechten, leblos. Und nun war er weiß gefleckt. Kälte überkam mich. Hin und wieder wirbelten vereinzelt weiße Flocken herab. Nach Nordosten lag Schneeglanz unter dem Sternenlicht des düsteren Himmels, und ich konnte einen wogenden Hügelkamm in rosigem Weiß sehen. Entlang des Meeresstrandes zog sich ein Eissaum, weiter draußen trieben Blöcke; aber die Hauptmasse des Salzmeers, das unter dem ewigen Sonnenuntergang blutig leuchtete, war noch ungefroren.

Ich blickte mich um, um zu sehen, ob es noch Spuren tierischen Lebens gab. Eine schwer zu beschreibende Besorgnis hielt mich noch im Sattel der Maschine fest. Aber ich sah nichts sich bewegen, weder in der Luft, noch am Boden. Nur der grüne Schleim auf den Felsen zeugte davon, dass das Leben nicht ganz erloschen war. Eine seichte Sandbank war im Meer aufgetaucht, denn das Wasser hatte sich eine Strecke vom Strand zurückgezogen. Ich meinte, auf dieser Bank ein schwarzes Ding hin und her wabern zu sehen, aber es wurde reglos, als ich hinsah, und ich schloss daraus, dass mein Auge sich getäuscht hatte und dass der schwarze Gegenstand nur ein Fels war. Die Sterne am Himmel leuchteten intensiv und blinkten kaum.

Plötzlich bemerkte ich, dass sich der westliche Umriss der Sonne veränderte; in ihrem Zirkel erschien ein Einschnitt, eine Einbuchtung. Ich sah, wie sie größer wurde. Vielleicht eine Minute lang starrte ich fassungslos auf diese Schwärze, die vor das Licht kroch, und dann wurde mir klar, dass eine Sonnenfinsternis begann. Entweder der Mond oder der Planet Merkur zog vor der Sonnenscheibe vorbei. Natürlich hielt ich es zunächst für den Mond, aber jetzt lässt mich vieles vermuten, dass ich tatsächlich den Durchgang eines inneren Planeten sah, der an der Erde sehr nahe vorüber zog.

Das Dunkel nahm schnell zu; kalter Wind begann in flackernden Stößen aus Osten zu wehen, und die schauernden weißen Flocken in der Luft nahmen zu. Vom Rand des Meeres her kam ein Plätschern und Flüstern. Abgesehen von diesen leblosen Lauten war die Welt still. Still? Es ist unmöglich, diese Stille zu beschreiben. Alle Töne des Menschen, das Blöken der Schafe, die Rufe der Vögel, das Summen der Insekten, das Rumoren, das den Hintergrund unseres Lebens bildet – all das war vorbei. Als die Dunkelheit dichter wurde, fielen die wirbelnden Flocken reichlicher und tanzten mir vor den Augen; und die Kälte der Luft wurde intensiver. Schließlich verschwanden die weißen Kuppen der fernen Hügel rasch, eine nach der anderen, ins Schwarze. Die Brise erhob sich zu einem heulenden Wind. Ich sah den schwarzen Zentralschatten der Verfinsterung auf mich zu fegen. Im nächsten Moment waren nur noch die blassen Sterne zu sehen. Alles andere war strahlenloses Dunkel. Der Himmel war absolut schwarz.

Mit dieser absoluten Dunkelheit kam ein Horror über mich. Kälte, die mir ins Mark drang, und Schmerz, den ich beim Atmen spürte, übermannten mich. Schaudernd ergriff mich tödliche Übelkeit. Dann, wie ein rotglühender Bogen, tauchte der Sonnenrand wieder am Himmel auf. Um zu mir zu kommen, stieg ich von der Maschine ab. Ich fühlte mich benommen und unfähig, die Rückfahrt anzutreten. Als ich so angeschlagen und verwirrt dastand, sah ich wieder das sich bewegende Ding auf der Sandbank – jetzt konnte es kein Irrtum mehr sein: es bewegte sich – vor dem roten Wasser des Meeres. Es war ein rundes Ding, etwa von der Größe eines Fußballs, vielleicht auch größer, und Fühler hingen aus ihm; gegen das wogende, blutrote Wasser erschien es schwarz, und es hüpfte im Zickzack umher. Dann fühlte ich, dass mir die Kraft ausging. Aber eine furchtbare Angst davor, hilflos in dem fernen und entsetzlichen Zwielicht liegen zu bleiben, gab mir die Kraft, wieder in den Sattel zu klettern.

Kapitel 14 – Die Rückkehr des Zeitreisenden

So kehrte ich zurück. Lange Zeit muss ich auf der Maschine bewusstlos gewesen sein. Die blinkende Abfolge der Tage und Nächte begann von Neuem, die Sonne wurde wieder golden, der Himmel blau. Ich atmete leichter. Die schwankenden Konturen der Landschaft ebbten und fluteten. Die Zeiger schwangen auf den Zifferblättern rückwärts; schließlich sah ich wieder die undeutlichen Schatten von Häusern, Belege der fortschreitenden Menschheit. Auch sie verwandelten sich und verschwanden, und andere tauchten auf.

Dann, als der Millionenzeiger bei Null stand, drosselte ich die Geschwindigkeit. Ich begann unsere eigene hübsche und vertraute Architektur zu erkennen, der Tausenderzeiger lief seinem Ausgangspunkt entgegen, Tag und Nacht wechselten sich langsamer ab. Dann umgaben mich die alten Wände des Laboratoriums. Sehr vorsichtig diesmal, bremste ich die Maschine ab.

Ich sah eine Kleinigkeit, die mir sonderbar vorkam. Ich glaube, ich habe Ihnen erzählt: Als ich losgefahren, und ehe meine Geschwindigkeit sehr hoch war, hatte ich Mrs. Watchett gleichsam mit der Geschwindigkeit einer Rakete durchs Zimmer schießen sehen. Als ich zurückkehrte, durchfuhr ich diese Minute, in der sie das Laboratorium durchschritt, noch einmal. Aber jetzt erschien jede Bewegung von ihr als die genaue Umkehrung der früheren. Die Tür am unteren Ende öffnete sich, und sie glitt ruhig das Laboratorium herauf, rückwärts gehend, und verschwand hinter der Tür, durch die sie zuvor gekommen war. Kurz davor meinte ich Hillyer für einen Moment gesehen zu haben; aber er verschwand wie der Blitz.

Dann stoppte ich die Maschine und fand mich wieder in dem alten, vertrauten Laboratorium, sah meine Werkzeuge, meine

Geräte, genau wie ich sie verlassen hatte. Schwankend stieg ich von dem Ding ab und setzte mich auf meine Bank. Für einige Minuten zitterte ich heftig. Dann wurde ich ruhiger. Um mich war wieder meine altvertraute Werkstatt, genau wie ich sie kannte. Ich hätte dort geschlafen haben können, alles wäre nur ein Traum gewesen.

Und doch – nicht ganz! Das Ding war vom Südostwinkel des Laboratoriums gestartet. Gelandet war es im Nordwesten, an der Wand, wo Sie es gesehen haben. Das macht genau die Entfernung vom kleinen Rasen zum Podest der Sphinx, wohin die Morlocks die Maschine gezerrt hatten.

Eine Zeitlang grübelte mein Gehirn. Dann stand ich auf und ging durch den Gang hierher – hinkend, denn die Ferse schmerzte noch, ich fühlte mich elendiglich kaputt. Ich sah die *Pall Mall Gazette* auf dem Tisch im Flur, und fand, das Datum war wirklich heute; als ich auf die Uhr sah, war es fast Acht. Ich hörte Ihre Stimmen und Tellergeklapper. Ich zögerte – ich fühlte mich so elend und schwach. Dann roch ich einen guten, belebenden Braten und öffnete die Tür zu Ihnen. Den Rest wissen Sie. Ich wusch mich, aß, und jetzt erzähle ich Ihnen die Geschichte.«

KAPITEL 15 – NACH DER ERZÄHLUNG

»ICH WEIß«, sagte er nach einer Pause. »Das muss Ihnen alles völlig unglaublich erscheinen. Aber für mich ist nur das eine unglaublich, dass ich heute Abend in diesem altvertrauten Zimmer sitze, in Ihre freundlichen Gesichter blicke und Ihnen dieses unfassbare Abenteuer erzähle.«

Er schaute den Arzt an. »Nein. Ich kann nicht von Ihnen verlangen, dass Sie es glauben. Nehmen Sie's als eine Lüge – oder eine Prophezeiung. Sagen Sie, ich habe es im Laboratorium geträumt. Denken Sie, ich hätte über die Zukunft unseres Geschlechtes spekuliert, bis ich dieses Märchen ausgebrütet hatte. Behandeln Sie meine Beteuerung der Wahrheit als einen bloßen Kunstkniff, um Ihr Interesse zu steigern. Aber als erfundene Geschichte genommen, was halten Sie davon?« Er nahm seine Pfeife und begann sie in gewohnter Art nervös auf dem Kaminrost auszuklopfen.

Augenblicklich trat Stille ein. Dann begannen Stühle zu rücken und Schuhe auf dem Teppich zu scharren. Ich wandte für einen Moment die Augen vom Gesicht des Zeitreisenden ab und schaute rings auf seine Zuhörer. Sie saßen im Dunkeln, und kleine Farbflecke schienen vor ihnen zu schweben. Der Mediziner starrte wie gebannt auf unseren Gastgeber. Der Herausgeber blickte scharf auf das Ende seiner Zigarre – der sechsten. Der Journalist fummelte an seiner Uhr herum. Die anderen saßen, soweit ich mich erinnere, reglos da.

Der Herausgeber stand mit einem Seufzer auf. »Jammerschade, dass Sie kein Schreiber von Abenteuergeschichten sind!« sagte er und legte dem Zeitreisenden die Hand auf die Schulter.

»Sie glauben es nicht?«

»Nun – – «

»Ich dachte es mir.«

Der Zeitreisende wandte sich zu uns. »Wo sind die Streichhölzer?« sagte er. Er zündete eins an und sprach, über die Pfeife blasend. »Um ehrlich zu sein ... ich kann es selber kaum glauben ... Und doch ...«

Sein Auge fiel mit unausgesprochener Frage auf die welke weiße Blume auf dem kleinen Tisch. Dann drehte er die Hand, in der er die Pfeife hielt, und ich bemerkte, wie er ein paar halbverheilte Narben auf seinen Knöcheln betrachtete.

Der Arzt stand auf, trat zur Lampe und untersuchte die Blumen. »Diese Fruchtblätter sind merkwürdig«, sagte er. Der Psychologe beugte sich vor, um besser zu sehen, und streckte die Hand aus, um eine Probe zu bekommen.

»Ich lass mich hängen, es ist viertel vor eins«, sagte der Journalist. »Wie sollen wir nach Hause kommen?«

»Es stehen jede Menge Droschken am Bahnhof«, sagte der Psychologe.

»Es ist merkwürdig«, sagte der Arzt; »auf jeden Fall kenne ich diese Gattung Blumen nicht. Kann ich sie haben?«

Der Zeitreisende zögerte. Dann plötzlich: »Ganz sicher nicht«.

»Wo haben Sie sie wirklich her?« sagte der Arzt.

Der Zeitreisende legte die Hand an den Kopf. Er redete wie jemand, der eine Idee festhalten will, die ihm entschwindet. »Weena steckte sie mir in die Tasche, als ich in ihrer Zeit war.« Er blickte sich im Zimmer um. »Verdammt, es verschwimmt alles. Dieses Zimmer und Sie und die Alltagsatmosphäre, das ist zu viel für mein Gehirn. Habe ich je eine Zeitmaschine gebaut, oder ein Modell davon? Oder ist das alles nur ein Traum? Man sagt, das Leben sei ein Traum, ein ziemlich jämmerlicher Traum manchmal – aber ich kann keinen zweiten aushalten, der nicht hineinpassen will. Es ist Wahnsinn. Und woher kam der Traum? ... Ich muss die Maschine sehen. Wenn es denn eine gibt!«

Er nahm rasch die Lampe hoch und trug sie rot flackernd auf den Gang hinaus. Wir ihm hinterher. Dort im flackernden Lampenschein sahen wir unzweifelhaft die Maschine, breit, hässlich und verquer; ein Ding aus Messing, Elfenbein, Ebenholz und transparent schimmerndem Quarz. Real – denn ich streckte die Hand aus und befühlte den Rahmen –, das Elfenbein mit braunen Flecken beschmiert, der untere Teile mit Gras und Moosfetzen behangen, eine Schiene verbogen.

Der Zeitreisende stellte die Lampe auf die Bank und ließ seine Hand über die beschädigte Schiene gleiten. »Es stimmt schon«, sagte er, »die Geschichte, die ich Ihnen erzählt habe, ist wahr. Es tut mir leid, dass ich Sie hier in die Kälte herausgebracht habe.« Er nahm die Lampe, und wir kehrten in absolutem Schweigen ins Raucherzimmer zurück.

Er kam mit uns in die Halle und half dem Herausgeber in den Mantel. Der Arzt sah ihm ins Gesicht und sagte zögernd, er würde an Überarbeitung leiden, worauf er laut lachte. Ich erinnere mich, wie er in der offenen Tür stand, uns gute Nacht nachrufend.

Ich teilte mir eine Droschke mit dem Herausgeber. Er hielt die Erzählung für eine »krachende Lüge«. Ich für meinen Teil hatte ein zwiespältiges Bild. Die Erzählung war so phantastisch und unglaublich, die Art des Erzählens aber so glaubhaft und nüchtern.

Den größten Teil der Nacht lag ich schlaflos und grübelte darüber nach. Ich beschloss, den Zeitreisenden am nächsten Tag noch einmal zu besuchen. Man sagte mir, er sei im Laboratorium, und da ich frei im Haus umherschlendern konnte, ging ich zu ihm hinüber. Doch er war nicht dort. Ich starrte die Zeitmaschine einen Moment lang an, streckte die Hand aus und fasste an den Hebel. Da zitterte die schwere, stabil aussehende Masse wie ein vom Wind bewegter Zweig. Ihre Labilität erschreckte mich zutiefst, und mir kam eine wunderliche Reminiszenz an Kindertage, wenn man mir verbot, irgendetwas anzufassen. Ich ging zurück durch den Gang. Dem Zeitreisenden, der gerade von oben kam, begegnete ich im Raucherzimmer. Unter einem Arm hatte er eine kleine Kamera, unter dem anderen einen Rucksack. Er lachte, als er mich sah und gab mir den Ellbogen zum Handschlag. »Ich habe furchtbar viel zu tun«, sagte er; »mit dem Ding da hinten.«

»Ist es kein Schabernack?« fragte ich. »Reisen Sie wirklich durch die Zeit?«

»Wirklich und wahrhaftig tu ich das.« Und sah mir dabei offen in die Augen. Er zögerte, sein Auge wanderte im Zimmer umher. »Ich brauche nur eine halbe Stunde«, sagte er. »Ich weiß, warum Sie hergekommen sind, und es ist überaus nett von Ihnen. Da liegen ein paar Zeitschriften. Wenn Sie zum Lunch bleiben wollen, werde ich Ihnen das Zeitreisen handfest beweisen, mit Proben und allem. Wenn Sie mich jetzt entschuldigen wollen?«

Ich stimmte zu – die eigentliche Tragweite seiner Worte nicht verstehend. Er nickte und ging den Gang hinunter. Ich hörte, wie die Laboratoriumstür zufiel, setzte mich in einen Sessel und griff nach einer Tageszeitung. Was wollte er vor dem Lunch erledigen? Dann erinnerte mich eine Anzeige in der Zeitung plötzlich daran, dass ich mich um zwei Uhr mit dem Verleger Richardson zu treffen versprochen hatte. Auf die Uhr blickend merkte ich, dass ich die Verabredung kaum noch würde einhalten können. So stand ich auf und ging den Gang hinunter, um dem Zeitreisenden Bescheid zu geben.

Als ich den Türgriff fasste, hörte ich einen am Schluss sonderbar abgeschnittenen Ausruf, ein Klackern und einen Schlag. Ein Luftzug umwirbelte mich, als ich die Tür öffnete, und von drinnen kam das Scheppern zerbrechenden Glases, das zu Boden fiel. Der Zeitreisende war nicht hier. Ich meinte einen Moment lang eine schemenhaft verschwommene Gestalt in einer wirbelnden Masse aus Schwärze und Messing zu sehen – so durchsichtig, dass die Skizzen auf der Bank dahinter völlig deutlich zu erkennen waren; aber dieses Phantom verschwand, während ich mir noch die Augen rieb. Die Zeitmaschine war fort. Abgesehen von einem sich setzenden Staubwirbel war der hintere Bereich des Laboratoriums leer. Eine Scheibe des Oberlichts war offenbar gerade eingebrochen.

Ich fühlte ein unerklärliches Entsetzen. Ich wusste, dass etwas Seltsames passiert war, und für den Moment war mir nicht klar, was dieses Seltsame sein mochte. Als ich noch starrte, ging die Gartentür auf und der Hausdiener erschien.

Wir sahen einander an. Dann kam mir die Lösung.

»Ist Mr. – – da hinausgegangen?« fragte ich.

»Nein, Sir. Da ist niemand herausgekommen. Ich dachte, ihn hier zu finden.«

Da verstand ich. Auf die Gefahr hin, Richardson zu versetzen, blieb ich und wartete auf den Zeitreisenden: Wartete auf die zweite, vielleicht noch seltsamere Geschichte; und auf Proben und Photographien, die er mitbringen wollte. Aber jetzt beginne ich zu fürchten, dass ich ein Leben lang warten muss. Der Zeitreisende verschwand vor drei Jahren. Und wie jedermann weiß – er kam nie zurück.

Epilog

MAN KANN nichts tun, als sich immer wieder zu fragen: Wird er je zurückkehren? Vielleicht ist er in die Vergangenheit gereist und fiel unter die bluttrinkenden, behaarten Wilden der Steinzeit; in die Abgründe des Kreidemeers; oder unter die grotesken Saurier, diese riesigen Reptil-Bestien der Jurazeit. Vielleicht wandert er gerade jetzt – wenn man so sagen kann – auf einem von Schwimmsauriern bevölkerten Korallenriff oder neben den einsamen Salzseen der Triasperiode.

Oder war er vorwärts gefahren? In eine nähere Zeit, in der es noch Menschen gibt, wenn alle Rätsel unserer Zeit beantwortet, alle Probleme gelöst sind? In die Hochphase unseres Geschlechts? Denn ich persönlich kann mir nicht vorstellen, dass unsere Tage stümperhaften Experimentierens, bruchstückhafter Theorien und zahlloser Widersprüche tatsächlich den Höhepunkt der Menschheit darstellen sollen. Ich betone, das ist meine Meinung. Er, das wusste ich – denn die Frage war bei uns schon lange, ehe die Zeitmaschine konstruiert worden war, ein Thema –, er dachte nicht so hoffnungsvoll an den Fortschritt der Menschheit und sah im wachsenden Turm der Zivilisation nur einen törichten Schutthaufen, der unweigerlich auf seine Schöpfer zurückstürzen und sie vernichten würde.

Sollte das stimmen, bleibt uns nur, so zu leben, als wäre dem nicht so. Aber mir ist die Zukunft noch dunkel – sie ist ein riesiges Unbekanntes, aufgehellt nur hier und da durch die Erinnerung an seinen Bericht. Und zu meinem Trost trage ich zwei fremdartige weiße Blumen bei mir – jetzt geschrumpft, braun, gepresst und zerbrechlich –, als Zeugnis, dass selbst wenn Geist und Kraft aus den Menschen gewichen sein werden, Dankbarkeit und gegenseitige Liebe in ihren Herzen weiterleben.

~ Ende ~